한 걸음의 용기
자녀와 부모의 동반 성장

자녀와 부모의 동반 성장

초판 1쇄 발행 | 2018년 3월 23일

지은이 | 윤성희
펴낸이 | 공상숙
펴낸곳 | 마음세상

주소 | 경기도 파주시 한빛로 70 507-204

신고번호 | 제406-2011-000024호
신고일자 | 2011년 3월 7일

ISBN | 979-11-5636-227-2 (03810)

원고 투고 | maumsesang@nate.com

ⓒ윤성희, 2018

* 값 13,200원

* 마음세상은 삶의 감동을 이끌어내는 진솔한 책을 발간하고 있습니다. 참신한 원고가 준비되셨다면 망설이지 마시고 연락주세요.

이 도서의 국립중앙도서관 출판예정도서목록(CIP)은 서지정보유통지원시스템 홈페이지(http://seoji.nl.go.kr)와 국가자료공동목록시스템(http://www.nl.go.kr/kolisnet)에서 이용하실 수 있습니다. (CIP제어번호 : CIP2018006889)

한 걸음의 용기
자녀와 부모의 동반 성장

윤성희 지음

마음세상

들어가는 글

돌이켜보면 18살 때까지 꿈이 없이 살았다. 대학도 성적에 맞춰서 갔다. 공부도 해야 하니 했고 취업도 해야 하니 했다. 결혼을 앞두고 하나의 꿈이 생겼다. 집안 살림 야무지게 하는 현모양처가 되어서 내조의 여왕이 되리라. 야무진 꿈을 하나 갖게 되었다.

결혼 생활은 누구에게나 환상에서 현실로 돌아오는 시간을 가르쳐준다. 결혼, 출산, 육아의 스트레스는 비켜 갈 수 없는 운명이었다. 피할 수 없다면 즐기라고 했지만 즐기기엔 너무 버겁고 힘들었다.

딸 여섯에 아들 하나의 외며느리로 남편 혼자 직장 생활하는 외벌이로 두 아들의 엄마로 살아서는 아이들에게 당당하게 해 주고 싶은 것 다 해주며 엄마의 역할을 다했다고 말하기는 힘이 들겠다고 결론을 내렸다. 내가 직접 만난 현실은 그렇게 내 삶의 의지를 강하게 만들어 주었다. 그때부터 현실은 선명하게 다가왔고 두렵고 걱정되는 만큼 책을 보고 공부를 하며 내가 가야 할 길을 찾기 시작했다.

내가 누군가의 손에도 아이들을 맡기지 않고 잘 키우며 성장시킬 수 있는 나만의 일을 찾기로 생각하고 매일같이 책을 보고 생각을 하고 상상을 해 보았다. 생각이 깊어지면 깊어질수록 더욱 선명한 것은 나는 내 아이들을 누구보다도 사랑했고 단 한 순간도 다른 사람의 손으로 내 아이들을 키우고 싶지 않다는 것이었다.

'직장생활은 아이들이 나와 떨어져 지내는 시간이 너무 길어서 안 돼. 장사하게 되면 몸이 피곤해서 아이들에게 더 잘 해줄 수 없을 거야.'

누구의 손에도 아이들을 맡기지 않으면서 내가 이 아이들을 잘 지켜내고 잘 성장시키려면 무엇을 해야 하지? 나와 함께 있으면서 할 수 있는 일이 무엇일까? 육아에 전념하며 내가 나아갈 방향을 잡는데 무려 7년의 세월이 걸렸다. 그래, 우리 아이들을 잘 가르치고 잘 성장시키기 위해서는 나도 열심히 배우고 우리 아이들에게도 도움을 줄 수 있는 교육 관련 일을 해야겠다고 마음먹었다.

이왕이면 누군가의 협조 관계, 직원으로서가 아니란 당당한 관리자로 책임자로 시작해야겠다고 마음을 굳혔다. 그리고 나는 내가 선택한 길 위에서 제대로 넘어지고 좌절하고 슬퍼하고 아파하며 정확한 내 모습을 마주하게 되었다. 모든 것이 부족하기만 했던 있는 그대로의 내 모습을. 그 모습을 마주하며 나는 가장 낮은 곳을 보았고 나의 한계를 경험했다.

하지만 예전처럼 약한 모습으로 주저앉고 포기하는 내 모습이 될 수는 없었다. 왜냐하면, 나의 두 아들이 내 등 뒤에서 나를 바라보고 있었고 나는 아이들을 위해서라도 용기 내 열심히 살아가는 모습을 보여주고 싶었다. 내가 선택한 길 위에서. 앞만 보고 하루에 한 걸음씩만 성장하자고 마음을 먹었다. 큰 보폭이 아니라도 지치지 않고 포기하지 말자고, 버티는 것이 이기는 것으로 생각했다. 그렇게 살아온 15년의 세월을 돌아보니 우리는 성장해 있었다. 두 아들도 그리고 엄마인 나도……

일을 시작했을 때의 어린 유치부 두 아들 중 큰아들은 전국 2% 안에 드는 수능 성적을 포기하고 자신의 꿈인 교사가 되기 위해 성실히 스스로 선택한 길 위에서 성장하고 있다. 또한, 둘째 아들은 글로벌 인재를 꿈꾸며 유학 생활을 하고 있다.

내가 선택한 현실의 아픔 속에서 넘어지고 일어서며 아이들을 위해서 열심히 살았던 엄마인 나는 어느새 성장해 있는 내 모습에 스스로 대견하기도 하고 요즘은 하루하루가 감사함으로 가득한 하루하루를 살아가는 것이 참 행복하다.

'늘 모든 것에 감사'라는 말이 내 삶의 일부가 된 것이다. 그 감사의 마음을 모아서 이제는 내가 부딪치고 느끼며 교육 안에서 배우고 깨달은 것들을 누군가에게 이야기하고 전해주고 싶어졌다.

한 길 위에서 10년 이상을 버티면 전문가라고 해도 되지 않을까? 15년 교육 경력이라면 전문가로서 이야기해 드려도 되지 않을까?

독서를 할 때 보고 깨닫고 적용한 것을 '본깨적'이라고 말한다. 내 삶의 본깨적을 이야기하고 싶어졌다. 내 아이들을 통해서 느낀 교육의 방향성을 알려드리고 싶어졌다. 육아와 교육으로 지쳐가는 분들에게 작은 희망을 드리고 싶어졌다. 아무것도 몰랐던 나는 누구나처럼 초보 엄마였다.

두 아이 덕분에 나도 이만큼 성장했다. 두 아들에게 고마움과 감사함을 담아서. 그리고 지금도 누군가를 성장시켜주고 있을 세상의 모든 보물 같은 아이들에게 감사함을 담아서. 앞으로도 매일 같이 성장하는 엄마가 되길 바라는 마음으로 조심스럽게 글로 옮겨 보았다.

길고 긴 육아와 자녀교육의 시간 속에서 누군가는 한숨지으며 하루하루 어쩔 수 없이 살아가기도 한다. 누군가를 원망하면서. 하지만 그 힘든 시간을 서로가 성장하는 시간으로 만들어 보면 어떨까? 그래서 같은 하늘 아래 반짝이는 엄마 별과 자녀 별이 되어 서로의 성장을 응원해 주는 모습. 너무 행복할 것 같다.

지금처럼 영원히 사랑하며 함께 성장하자꾸나. 나의 아들들아!

들어가는 글 … 6

제1장 세상 모든 엄마는 초보
    꿈, What is your dream? … 13
    결혼, 평생직장이 아니다 … 18
    출산, 두렵고 무섭지만 간절한 기다림으로 … 22
    육아, 모든 게 모르는 것투성이 엄마 … 26
    우울증, 한 번은 거쳐 가는 통과 의례 … 31
    독서, 나를 성장시켜준 첫 번째 키워드 … 36
    길을 찾다! 그래, 부딪치며 배워 보자 … 41
    아이가 처음 고난을 만나는 순간 엄마 가슴은 무너진다 … 47
    아이가 좋아하는 곳 끝까지 보내고 싶었던 마음뿐 … 53
    전업주부 포기 선언 … 58

제2장 선택한 길 위에서 처참히 무너져 보기
    무식하면 용감하다! 제대로 이해하기 … 63
    꿈은 나에게 물러서지 말라고 말하네 … 68
    힘든 것은 현실, 인정하자 … 72
    아이들에게 가장 미안한 엄마 … 78
    아무도 나를 알아주지 않을 때도 나는 나를 알려야만 했다 … 82
    한겨울, 차 안에서 느낀 깨달음 … 85

제3장 두려움과 용기는 한 끗 차이
    변한 건 내 생각뿐이었는데 … 90
    부족한 것투성이 나를 제대로 만나다 … 94
    피할 수 없으면 즐기기, 첫 행사를 준비하던 에피소드 … 99
    행사에 자신감이 붙다 … 103
    노력에 대한 대가 … 107

나는 욕심 많은 원장 … 111

내 경험을 나누어 주다 … 115

두려움, 인정하고 극복하는 과정을 배우다 … 119

두려움 너머 호기심 … 123

제4장 변화의 시간, 성장의 시간으로

성장은 부족함을 인정할 때 시작되는 것 … 128

못하는 게 너무 많았던 엄마의 바람 … 132

계단 학습 효과 … 138

아이들 앞에서 눈물 거두기 … 143

고통 속에서 희망 찾기 … 148

두 마리 토끼 잡기 … 152

군군 신신 부부 자자 … 157

내조의 왕, 외조의 왕 … 162

자녀의 로드맵을 그리다 … 168

제5장 내가 얻은 지혜 그리고 나누고 싶은 생각

깊게 생각하고 빠르게 결단하라 … 176

아이들은 존재만으로도 소중한 것을 … 181

부모의 가지가 크면 자녀는 크게 자라지 못한다 … 185

자녀 교육이 힘들고 답답할 때 답을 찾았던 방법 … 193

이제는 내가 성장할 시간 … 200

나의 꿈은 100가지 … 205

자녀와 함께하는 추억은 돈보다 더 귀한 선물 … 210

자녀 교육도 힘 조절이 필요하다 … 214

부모도 함께 자라야 하는 세상 … 218

마치는 글 … 222

제1장
세상 모든 엄마는 초보

엄마라는 이름은 만들어지는 게 아니라

스스로 만들어 가는 것

세상의 모든 엄마는 초보

그러니 걱정보다는 기대감으로

아이와 함께 성장할 시간으로 채워 나가길

꿈,
What is your dream?

　고등학교 2학년 윤리 시간이었다. 점심시간 이후의 윤리 시간은 나른함의 대명사가 되고도 남았다. 칸트도 소크라테스도 18세 여고생의 머리에는 그렇게 중요하게 와 닿지 않았다. 그런 우리의 마음을 아셨는지 선생님께서는 특별히 꿈에 대한 자유 발표 시간을 준비하셨나 보다. 나중에 알게 된 사실이지만 18살의 꿈에 대한 심오한 이야기들을 함께 나누고 싶으셨던가 보다. 하지만 나를 포함한 몇 명의 친구들은 이미 꿈속 여행에 머리를 끄덕일 뿐.

　"오늘이 9일이니깐. 39번 일어나서 10년 뒤 자신의 모습을 생각해 보고 나와서 발표해 보자."

　낯익은 그 번호는 내 번호였다. 옆에서는 자신들이 불리지 않은 것에 안도의 한숨을 쉬고 있었겠지만, 번호가 불린 나는 얼떨결에 벌떡 일어나게 되었다. 당황스러운 것은 나도 그리고 질문의 내용도 이해 못 하고 일어서 있는 나를 바라보는 선생님도 같지 않았을까? 선생님께서는 호흡을 한 번 가다듬으시며 친절하게도 질문을 한 번 더 정확히 말해 주셨다.

"10년 뒤 자신이 어떤 사람으로 살고 있을 것 같은지 그 모습을 상상하고 이야기해 볼까?"

그랬다. 내가 단 한 번이라도 내 10년 뒤의 모습을 걱정해 본 적이 있거나 궁금해서 해본 적이 있다면 쉽게 대답을 하고 칭찬을 기대했겠지. 하지만 나는 단 한 번도 10년 뒤의 내 모습을 그려본 적이 없었던 것을……. 그리고 당장 무언가를 생각하고 답하기에는 내 머릿속은 이미 백지장처럼 하얗게 되어 있다. 나를 당황하게 만드신 선생님을 원망의 눈빛으로 잠시 바라보다가 무슨 말이라도 해야 할 것 같아서 겨우 내뱉었던 나의 말은…….

"제가 조금 더 나이가 들면 그때 생각해 보겠습니다. 지금은 제 모습이 그려지질 않습니다."

더한 것도 뺀 것도 없는 나의 그대로의 진심이었다. 하지만 그 시간 이후로 우리 교실은 선생님의 화난 목소리로 쥐죽은 듯 머리를 숙이고 혼이 나야만 했다. 이해가 잘 되질 않았다.

18살에는 반드시 꿈이 있어야 하나?

왜 지금 꿈이 없다는 것이 이렇게 혼이 나야 하는 거지?

조금 더 시간이 지나서 꾸는 꿈은 왜 안 되는 걸까?

공부 열심히 해서 나오는 성적대로 맞춰서 대학만 가면 되는 것 아닌가?

수업이 종료되고 부끄럽고 창피해서 풀 죽어 있는 나를 보며 친구들이 한마디씩 거든다.

'성적이 중요하지 꿈이 중요하냐?

'나도 꿈이 없는 건 마찬가진데, 네가 대표로 혼이 난 거니 잊어버려라.'

'선생님이 시집을 못 가서 우리한테 화풀이하는 것 같다. 네가 당한 거야.'

친구들의 위로는 나에게 큰 힘이 되었다. 그래, 내가 이상한 게 아니라 선생님이 이상한 거야. 지금 구체적인 꿈이 없다고 나를 바보 취급하다니 용서할 수 없어. 이제부터 윤리 시간에 열심히 안 할 거야. 원래 열심히 안 했으면서도 이런 다짐을 하며 소심한 복수를 계획했다. 그 이후로도 꿈은 나와는 먼 이야기였다. 눈앞에 대입 시험이 더 중요했다. 그리고 나는 대입 시험을 치렀다. 국·영·수를 잘 봐야 하는데 나는 주요 과목은 비켜서 윤리를 만점 받았다.

뭐지? 나에게 윤리에 소질이 있었나?

소가 뒷걸음질 치다가 쥐 잡는다는 말처럼 나는 윤리 시간에 귀를 닫고도 만점을 받는 신기록을 달성했다. 내 계획대로 성적에 맞춰서 대학을 지원했고 아무 문제 없이 대학에 입학하였다.

늘 해 오던 공부가 전공으로 바뀌었고 뛰어난 장학생은 아니었지만, 평균 이상의 성적을 유지했고 놀기도 많이 하고 경험도 많이 하면서 20대를 매우 즐겁게 몰려다니며 지냈다. 누구나 생각하는 대학의 여유로움은 원 없이 즐겼다고 자부하면서…….

지금의 나이를 살아 보고 나니 참 철없던 10대 그리고 20대의 모습이었구나 싶다. 내가 살아온 그 시절에는 그냥 물 흘러가듯 자연스럽게 남들 하는 것 따라 하면서 평범하게 사는 것이 전부라고 생각했다. 하지만 요즘은 너무도 발빠르게 변화하는 세상에 적응하기 위해서라도 어린 나이에도 자신의 명확한 꿈을 가지고 이야기하는 친구들이 많다. 그 모습이 멋져 보이고 부럽다.

저들의 모습처럼 나도 저 나이 때 야무진 꿈 하나 있었다면 얼마나 역동적이고 멋진 삶을 살아냈을까?

우물 안 개구리처럼 학교, 집이 전부였던 그 생각이 참 바보 같았다는 것을 세상을 한참 살아낸 이후에 깨닫게 되었다.

꿈……

누구나 명확한 꿈을 안고 살지는 못한다. 나도 그랬으니깐.

하지만 우리 자녀들에게는 더 큰 세상을 바라보는 눈을 키워 줄 필요가 있다고 본다. 왜냐하면, 우리 시대의 부모님들은 먹고살고 양육하기에 바빠서 자녀들에 대해서 깊이 고민해 볼 시간도 없이 그렇게 바쁘게만 사셨다면 그에 비해 요즈음 부모님들은 너무나 많이 배우시고 세상을 높은 데서 내려다볼 수도 있고 깨어 있는 분들이 많으시다.

나도 내 아이들을 낳고부터 꿈이 없고 하루하루 그저 그렇게 살아만 왔던 내 삶을 제대로 들여다보게 되었고 그 과정에서 내 참모습과 이루고 싶은 꿈을 처음 가지게 되었다. 자녀들의 꿈 찾기는 엄마들의 꿈 찾기가 되기도 한다. 자녀의 영어지도를 잘하고 싶어서 시작했던 영어공부로 어학원 원장님이 되신 분도 있고 자녀의 독서 지도를 돕기 위해서 책을 읽고 공부를 하다가 논술 지도사가 되신 어머님도 있다.

나는 아이의 성장을 지켜보다 영재교육에 심취해서 영재교육원을 개원하게 되었다. 더 깊이 고민하다 보면 아이의 성장을 돕다가 내가 그 길에서 성장하고 있었던 것이다. 학부모님들을 상담하다 보면 전공과 다른 길을 걷는 분들을 많이 만나게 된다.

모두가 내 모습이다. 어떻게든 대학을 갔지만, 사회에서는 전혀 다른 일들에 도전하고 또 다른 꿈과 목표를 이루면서 살고 있다. 그것이 꼭 나쁜 것은 아니지만 시간상으로 명확한 꿈이 있었다면 돌아오지 않아도 되었을 것으로 생각한다. 자녀의 성장을 도우며 선택한 그 길들이 단 한 번도 머릿속에서 생각나지 않았던 길들이었다는 게 신기하고 놀랍다.

꿈.

What is your dream ?

'네 꿈은 뭐니?'라고 물어 왔을 때 속 시원하게 간결하게 명확하게 답해줄 수 있도록 삶을 깊이 들여다볼 필요가 있다. 이제는 누가 물어오지도 않는다. 우리들의 꿈이 무엇인지…….

18살, 그 시절 윤리 선생님이 한 번만 더 똑같은 질문을 나에게 던져 주신다면 이제 나는 자신 있게 말하고 싶다.

"너는 10년 뒤 어떤 모습으로 살아가고 있을 것 같니?"

"저는요. 제가 선택한 하나의 길 위에서 20년을 노력하고 살았어요. 그 속에서 배우고 느낀 것들을 누군가와 나누고 공유하는 일을 하고 있을 거예요. 그리고 지금까지의 내 이야기와 내 생각을 담아 글도 쓸 거고요. 누군가에게는 힘을 줄 수 있는 글도 써 보고 싶어요. 그래서 내 이름 석 자를 세상이 기억할 수 있도록 하고 싶어요. 그러면서 언젠가는 세상 누군가에게 선한 영향력을 줄 수 있는 사람이 되어 있을 거예요."

결혼,
평생직장이 아니다

하얗고 순결한 드레스에 대한 로망은 결혼하지 않더라도 꼭 한 번은 입어 보고 싶은 게 여자들의 바람이다. 물론 배우자감이 있다면 바랄 나위 없이 좋은 거겠지만.

지금은 흐릿해진 결혼 적령기가 있었다. 내 나이 때는 20대 중반이 결혼 적령기였다. 25살~29까지 정도. 서른이 넘으면 노처녀의 시작점이 되어 있었다. 20대와 30대의 차이는 하늘과 땅처럼 나누어졌던 시절이었는데 요즘은 너무 늦게들 결혼을 하거나 독신주의가 많은 것이 사실이다.

나는 내 인생의 목표는 없었지만, 결혼의 목표는 있었다.

① 서른 전에 결혼할 것
② 결혼 후 직장은 절대 다니지 않을 것
③ 현모양처가 될 것

나에겐 너무도 현실적인 꿈이었고 바람이었던 것 같다. 그 목표가 인생의 최종 도착점이라고 생각했는지 결혼 이후의 목표는 당연히 없었다. 즉, 결혼이란 평생직장이라 생각했었고 그렇게 평생직장에서 나는 현모양처로 살 것이라 믿었다.

1번 목표를 29살에 이루었다. 조금 늦은 감은 있었지만, 노처녀 진입 직전에 갈 수 있음에 아주 만족했다. 왜냐하면, 결혼이 늦어지면 신부 친구들이 아줌마 포스로 아기 업고 나타나는 불상사가 생기기 시작하니깐 어떻게든 서른을 넘기지 않겠다는 속 보이는 계산이 있었다.

2번 목표를 달성하기 위해 과감히 사표를 썼다. 대학 졸업 후 줄곧 직장생활을 해왔다. 누가 일하라고 시킨 건 아니었지만 졸업하면 결혼할 때까지는 직장생활을 하고 있어야만 한다고 나름대로 생각했던 것 같다. 그리고 그 직장생활이 평생직장은 아니라는 걸 처음부터 알고 시작했기에 행복한 결혼 생활을 위해 미련 없이 웃으며 굿바이 할 수 있었다. 그 이후의 걱정은 아예 없었으니깐……. 난 평생의 직장으로 전업주부의 길을 각오했다.

남편의 월급의 많고 적음은 나에게는 그다지 중요하지 않았다. 나는 충분히 알뜰한 아내가 될 것이며 자린고비, 생활의 달인처럼 살아갈 마음의 준비가 충분히 되어있었다. 넘칠 필요는 없었지만 그렇다고 부족하다고도 못 느끼는 상태로 시작을 했다.

내가 생각하는 알뜰함을 실천하기 위해 발품도 팔아보며 야무지게 살기 위해 깨알같이 가계부도 써서 남편에게 나 이렇게 잘 살았다고 인정받는 기분으로 매달 말일에 결재를 받기도 했다. 3년을 그렇게 기록하며 살았다. 그 이후는 펜을 놓았다. 왜냐하면, 늘어나지 않는 똑같은 살림으로 12달을 기록하는 것은 더 이상 효율적이지 않다고 판단해서였다.

3번 목표를 이루기 위해 이솝 동화에 나오는 아내를 멘토로 삼았다. 정확한 동화의 제목이 기억나지는 않지만, 내용은 이랬던 것 같다. 가난한 농부의 아내는 하나 남은 소를 팔아 겨울을 지낼 수 있도록 먹을거리를 사 오도록 남편에게 부탁하였다. 어리석은 남편은 그 소를 끌고 가다가 당나귀로 바꾸고 당나귀는 염소로 바꾸고 염소는 닭으로 바꾸게 된다. 그 닭마저도 썩은 사과 한 자루와 바꾸게 되고 결국 집에는 썩은 사과 한 자루를 가지고 오면서 걱정을 하게 된다. 하지만 남편의 이런 이야기를 듣고도 아내는 화를 내기는커녕 남편에게 잘했다고 칭찬을 해 주고 남편의 기를 살려준다. 물론 먹을거리가 걱정되는 우리를 위해 그 부부는 다른 복을 받게 되지만 동화를 읽으면서 나도 동화 속의 아내 모습으로 살아가리라 마음먹었다. 바가지는 절대 긁지 않는 아내가 되리라. 남편의 뜻이라면 무조건 'Yes' 할 수 있는 아내가 될 것이라고 스스로 다짐을 하였다.

사실 살아보면 무조건적인 YES만 할 수 없다는 것을 몸으로 체험하게 되지만 나는 3번을 지키기 위해 누구보다 많이 노력했다고 자부한다. 남편의 월급은 물가 상승률을 따라가지 못했고 두 자녀를 키우면서 생계뿐만 아니라 육아, 교육에도 빨간 불이 켜짐을 느끼는 데는 그리 오랜 시간이 걸리지 않았다.

하지만 나는 이솝 동화의 아내처럼 어떤 경우도 경제적인 것 때문에 다툼을 한다거나 핀잔을 주어서 남편의 자존심을 깎아내리지 않겠다고 다짐을 했기 때문에 혼자 고민하고 해결하기 위해 더 알뜰히 절약하며 살아보려 혼자서 노력에 노력을 아끼지 않았다. 어떻게 보면 평생직장 개념으로 결혼 생활을 선택했지만 3번의 현모양처가 되기 위해 노력하고 고민하면서 온전한 내 삶을 있는 그대로 보게 되었는지도 모르겠다. 한 번도 남편에게 돈 문제로 다툼을 해 본 적도 없다.

고민이 깊어지면 깊어질수록 내 능력을 키워서 남편 어깨의 짐을 덜어주어야겠다고 생각했다.

2번 직장 생활은 절대 하지 않겠다고 마음먹었기에 창업을 결심했다. 나도 내가 일하고 노력하는 만큼 그 가치를 인정받고 성취감을 느낄 수 있는 일을 해야겠다고 다짐하게 되었다. 더 이상 결혼이 평생직장이 되지 못한다는 것은 3년 정도의 결혼 생활을 통해 정확히 깨닫게 된 것이다.

누구나 생각한다. 결혼 생활은 정년도 필요 없는 평생직장이며 온실 속의 화초처럼 세상의 비바람 맞지 않고 예쁜 모습으로만 살고 싶다고. 특히 좋은 조건의 남편을 만나면 그 꿈을 이룰 것으로 생각한다.

세상 속에서 부딪치고 아파하고 다시 일어설 용기가 겁이 나서 지레 포기하고 작은 꿈을 바랐던 내 모습이었다. 하지만 결혼 후 현실을 정확히 마주하게 되었고 두 아이의 엄마가 되고 나서 보니 철없던 꿈을 유지하려면 끝없이 부딪쳐야 하고 남편을 쥐어짜야만 한다는 것도 알게 되었다.

결혼이라는 것은 절대 평생직장이 될 수 없었다. 아니, 웬만한 직장 생활보다 더 많이 어렵고 힘이 들었다. 직장은 매달 수고로움에 답으로 월급도 주고 휴가도 주고 승진도 시켜준다. 인정도 받는다. 하지만 결혼 생활은 수고로움은 당연한 것으로 월급은 아예 없고 모든 것은 가족을 위해 지출된다. 혼자만의 휴가는 꿈 중에서도 가장 큰 꿈. 껌딱지 같은 아이들과 남편이 있다. 승진은 절대 없고 인정은커녕 잘하면 본전도 찾지 못하며 집안에서 뭐하냐고 핀잔받는 게 예삿일이다. 현실은 냉정하고 냉혹했다.

하지만 물러설 자리는 없다. 왜냐하면, 우리는 각자 자기 무덤을 자기가 팠다고 느낄 만큼 결혼은 스스로 선택했기 때문이다. 결혼은 평생직장이 절대 아니다. 예전에도, 지금도, 그리고 앞으로도 영원히……

출산,
두렵고 무섭지만 간절한 기다림으로

경험하지 않은 모든 것은 두렵다. 결혼과 출산은 뗄 수 없는 관계이며 모든 것은 처음이고 두려움이었다. 가정의 시작은 결혼이 아니라 진정한 의미의 시작은 출산부터라고 생각한다.

자녀가 없는 가정은 언제든 혼자의 시간으로 돌아가기가 쉽다. 하지만 출산으로 이어지고 가족의 구성원이 생김으로 인해서 부부는 지금까지와는 다른 무게의 책임감을 느끼게 된다.

첫아이는 직장생활을 하던 중에 선물처럼 나에게로 왔다. 딸 여섯에 아들 하나인 집안의 외며느리였으니 얼마나 많은 사람의 기쁨이었을까? 어머님은 내가 시집가던 첫날 내 손을 꼭 잡으시며 이렇게 말씀하셨다.

"너는 다른 것 잘하려고 노력하지 말아라. 그냥 남편 살찌워 놓고 아들 하나 낳으면 된다."

어머님의 지령이 떨어진 것이다. 뭐 살림이야 세탁기가 세탁하고 청소기가 청소하고 기본 음식 몇 가지 정도야 할 줄 아니깐 어머님 소원쯤이야 쉽게 들어 드릴 수 있을 거라고 편하게 생각했다.

하지만 어머님의 소원은 시간이 지날수록 나에겐 무게감으로 느껴졌다. 왜냐하면, 어머님의 소원은 너무도 간절한 것이라는 것을 알게 되었기 때문이었다.

'혹시 딸을 낳으면 어쩌지? 아기가 안 생기면 어떡하나? 건강한 아기를 낳을 수 있을까? 꼭 아들을 낳아야만 하는데…….'

별별 생각이 자라서 숲을 이룰 때쯤 결단을 내렸다.

"그래. 죽기 전에 소원 한 가지는 들어준다는 팔공산 갓바위를 올라가 보자. 그리고 소원을 빌면 들어주실 거야. 내 삶의 한 가지 목표 아들을 꼭 낳게 해 달라고 빌어보는 거야."

가톨릭 신자인 나는 불심의 힘을 빌려서라도 아들을 꼭 낳고 싶었다. 한 계단 한 계단 오르며 한 가지 소원을 빌기 시작했고 그곳에 다녀온 후 신기하게도 아기 소식을 듣게 되었다. 기쁘고 놀라고 대단한 일이 생겨난 것이다.

직장 내에서도 소문이 나서 모두의 축하를 받느라 정신이 없을 지경이었다. 그리고 조용히 아기를 위해 퇴사 날짜를 기다리게 되었다. 이제 내 바람대로 전업주부로 사는 삶을 시작하는 거로 생각하며……. 하지만 가끔은 시행착오가 삶의 아픔과 깊이를 더해 주는가 보다.

회사 1박 2일 야유회를 계곡으로 떠난 날. 원치 않았지만, 발목까지 잠기는 계곡물을 부득이 건너야만 했었다. 아직 티 안 나는 산모를 업어줄 사람은 없었으니깐 조심히 물을 건너는 순간 묘하게 발목을 타고 올라오는 냉기가 너무 싫었다. 먹는 것도 조심, 잠자는 것도 조심조심. 텐트 안에서 자는 것도 싫었지만 유별나다는 소리 듣기 싫어 최대한 보온하고 잠을 잤다. 이 모든 것이 문제가 될 줄은 꿈에도 생각하지 못하고…….

야유회를 다녀온 후 일주일 뒤 정기 검진을 갔었는데 나는 까무러칠 만큼 놀라게 되는 일이 벌어졌다. 아기의 심장이 멈추어 버렸던 것이다. 전문 용어로 '계류유산'이었던 것이다. 무서움과 두려움과 미안함에 눈물이 주체 없이 흘렀다. 남편도 같이 울었다. 이 슬픔을 도저히 알릴 수가 없었다. 너무나 많은 사람이 진심으로 축하해 주었기 때문에……. 내 가슴에 묻기로 하고 몇 날 며칠을 출근도 하지 못하고 울면서 지냈다. 남들은 모르는 상태에서 직장을 그만두고 내 몸을 건강하게 회복하고자 보약도 챙겨 먹고 노력을 했다. 그리고 지금의 큰아들을 가졌었는데 참 다행인 것은 사람들은 내가 그런 아픔을 거쳐 온 것을 모르고 그냥 첫 아이가 정상적으로 출산한 것으로 다들 알고 있었다.

내가 첫아들에게 더 큰 애착을 두고 더 큰 사랑과 책임감을 느끼는 것은 아마 이러한 남모를 아픔이 있었기 때문이다. 쉽게 가지고 쉽게 출산했다면 그러려니 아이를 대하고 키웠을 텐데 내 아픔이 너무 컸었고 내 자존심에 들키고 싶지 않았고 그렇게 얻은 자식이라 더 잘 키우고 보란 듯이 키워내고 싶다는 욕심이 가슴 속 깊은 곳에서부터 올라오기 시작했던 것이다. 누구보다 특별하게 잘 키우고 정말 좋은 엄마 좋은 부모의 역할을 해 주고 싶은 바람이 간절했다.

사람들은 시련이 닥치면 왜 내게 이런 시련이 주어졌을까? 원망하고 거부할 때가 많다. 하지만 나는 돌이켜보면 그때의 시련이 자녀에 대한 생각과 마음가짐을 단단하게 만들었다고 생각한다.

내 마음속에 뿌리 깊은 자식에 대한 욕심을 갖게 하려고 첫아기를 잃게 하셨구나. 내가 온실 안에 화초처럼 자식이나 내 마음이나 성장하지 않고 멈춰버릴 것을 걱정해서 미리 시련을 주시고 성장하도록 만드셨구나.

너무나 힘들고 무서웠지만, 출산은 내 인생의 가장 큰 터닝 포인트가 되었고 나는 세상에 당당히 나가서 비바람을 맞을 준비를 제대로 배우고 엄마가 되었다. 어떤 두려움도 이겨낼 만큼 강한 엄마가 되어 있었다.

결혼은 선택이다. 하지만 출산은 의무라 생각한다. 남자들이 군대를 의무적으로 다녀와야만 하듯 여자로서 결혼과 출산은 통과의례이고 의무감으로 꼭 거쳐야만 한다고 생각한다. 그래야만 아이에 대한 사무치는 사랑도 온몸으로 배우게 되고 세상의 모든 거센 비바람에 온전히 맞서 싸우는 여전사 같은 강한 엄마가 되는 것으로 생각한다.

우리에게 희미해지는 기억들이 있다는 것은 축복이다. 그렇게 두렵던 출산의 고통도 아이들의 웃음 속에 잊어버리고 두 번째 자녀를 또 선물로 가질 수 있으니 말이다. 이 세상에 다시 태어날 수만 있다면 그때도 나는 두 자녀의 엄마로 살고 싶다. 그 가슴 뭉클한 사랑을 온몸으로 느끼며 아이들과 눈 맞추고 소통하며 그 사랑을 오롯이 느껴보고 싶다.

출산.

여성이 엄마가 되는 첫 관문이다.

엄마들이 모질게 강해지는 첫걸음이다.

그 첫걸음을 두려워하지 말고 경험하고 느끼고 사랑하길…….

육아,
모든 게 모르는 것투성이 엄마

'가슴으로 낳았으니 당연히 예쁘기만 하겠지. 내 아기는……'

착각이었다. 아기들은 똑같다. 배고플 때 울고, 밤이 되면 울고, 기분 내키면 안 자고, 엄마야 자든 말든 보채고. 내가 울고 싶어질 때가 점점 늘어났다. 그러면서 육아의 첫 관문을 잠과 싸우기 시작했다.

몸의 리듬은 완전히 망가져서 가만히 있어도 온몸이 땀투성이가 된다. 단 한 번도 30분 이상 깊은 잠에 빠져 본 적이 없어진다. 온종일 집 안에 있기만 한데도 세수할 시간이 없다. 점점 모습은 아름답기를 포기하고 추해지기 시작한다. 출산으로 늘어난 몸은 줄어들 기미가 안 보이고 급기야 정신적인 변화가 느껴진다. 일명 누구나 겪는다고 말하는 산후 우울증이 찾아온다. 조그마한 자극에도 눈물이 쏟아지고 화가 머리끝까지 나기도 한다. 아기가 예쁜데 보고 있으면 눈물이 그렇게 흐른다. 누구 하나 산후 우울증을 겪는 엄마들의 마음을 어루만

져주지 못한다. 남편도 어른들도……

당연히 자식 낳고 키우는 것이 여자의 몫인 것처럼 누구든 그렇게 살았다고들 말할 때 섭섭함을 두 배 더 느낀다. 다음에 기회가 된다면 산후 힘들기만 했던 초보 육아의 시간을 보내온 엄마들이 얼마나 대단한 사람들인지를 알려 주고 싶다. 누구나 다 겪는 거라고 하지만 누구도 대신할 수 없고 누구도 대충할 수 없는 엄마이기 때문에 정성을 다하지 않을 수 없는 일이 육아임을 깊이 느끼고 깨달았다.

누구나 겪는 시간이지만 누구나 똑같이 잘 이겨낼 수 없다는 것도 깨달으며 지금의 우울하고 힘든 시간이 우리를 제대로 된 엄마의 모습으로 완성해나감을 느낀다. 아기들과 보이지 않는 애착 관계는 엄마 뱃속에서도 이어졌지만, 육아의 첫 단계에서 그 애착 관계는 너무도 강하게 만들어졌다.

힘든 우울감을 잘 극복하고 이겨낸 엄마들에게는 아이들이 성장하면서 하나의 선물로 다가온다. 그리고 그 힘든 시간의 기억은 서서히 기억 속에서 지워지고 아이를 통해 느끼는 행복함만 기억 속에 남아 있게 된다. 하지만 힘든 육아의 시간을 거부하고 힘들어하기만 했던 엄마들에게는 자식과의 정이 예쁘게 자라나지 못한다. 아이들은 그때부터 채워지지 않는 사랑과 불안정한 신뢰감으로 힘든 유년기를 맞을 수 있음을 뒤늦게 배웠다.

애쓰고 노력해도 힘든 것은 거부할 수 없는 현실이었다. 아이가 저녁에 자서 아침에 일어나기만 해도 좋을 것 같다. 어느새 백일이 되면서 육아도 조금 손에 익고 백일을 기념하듯 아기들은 밤 수면 시간이 점점 길어진다. 살도 포동포동 올라서 매우 사랑스러운 모습이다. 태어난 아기들이 가장 예쁠 때가 백일 이후 시점이 아닌가 싶다.

한고비 지나면 또 한고비.

젖을 언제 떼고 이유식을 해야 할지 미리 고민하기 시작하는 시점이 온다. 예전의 할머님들은 이유식을 대신해서 내 입안에서 밥알을 잘게 부수어 손자들에게 먹이셨다고 하지. 얼마나 비위생적인 큰 사랑인가? 그런 사랑을 앞세운 말도 안 되는 이유식을 해서는 안 되겠구나 싶어 그때부터 육아 서적과 정보를 찾는다. 여러 가지 방법들을 메모하고 기억하면서 내 아이에게 내 손으로 해줄 방법들을 찾아낸다. 나는 엄마니깐 이 정도는 해줄 수 있어야겠다 싶다.

요즘은 죽 가게도 많고 이유식만 따로 배달해 주는 곳도 있고 슈퍼에 상품화된 것들도 많다. 하지만 유별나게 얻은 아이에게 특별한 엄마표 이유식을 준비해 주고 싶은 것은 모든 엄마의 바람일 것이다. 신선한 재료들로 소금기는 빼고 재료의 맛을 살린 것들로 준비하기 위해 공부하고 노력한다.

물론 넉넉히 만들어 데워 먹여도 되지만 그렇게 되면 보존 음식의 맛도 나빠지고 신선도도 떨어지기 때문에 매일매일 아기가 먹을 이유식을 만들고 버리고 또 만들며 하루를 보낸 기억이 난다.

먹이는 것도 중요하지만 발육 상태가 정상인지 체크하는 것도 참 중요하다. 아이들의 성장곡선을 보면 생후 1년까지 폭발적인 성장이 이루어진다. 그만큼 생후 1년의 세월은 엄마의 모든 레이더망이 아기에게 맞춰져 있는 시점이다.

우리 아이가 아랫니가 언제 올라오는지 기록한다. 어제 머리를 들었는지 또 책을 보고 기다려 본다. 머리를 들고 기기 시작한다. 환호성을 지른다. 뒹굴기를 한다. 몸의 움직임이 늘어나면 위험한 것들을 치우느라 더욱 나빠진다. 아기의 일거수일투족이 신기하기만 한 엄마이다.

나는 7세까지는 세상의 모든 엄마가 일을 안 했으면 좋겠다. 한 생명이 이렇게 경이롭게 성장하는 모습을 누가 지켜봐 줄 것인가? 바로 생명을 잉태하고 그 힘든 출산의 고통을 이겨낸 엄마에게 온전히 다 보여 주어야만 한다고 생각한다. 그것이 고통을 이겨낸 엄마들에게 주는 선물이기 때문이다. 하지만 아쉬운 부분은 요즘 태어난 아기들의 어린이집 생활이 너무 일찍부터 시작된다는 점이다.

목만 가누면 가정 어린이집부터 시작되는 아기들의 생활. 이렇게 사랑스럽고 경이로운 아기들의 모습이 보육 시설의 선생님들에게는 그냥 귀여운 아기의 몸짓으로 기억될 뿐이다. 그다지 놀랍지는 않다. 왜냐하면, 내가 낳은 고통을 함께 나눈 아기가 아니기 때문이다. 그분들에게는 아기들의 그 모습들을 바라보는 것이 하나의 업무일 수도 있기 때문이다.

세상에 태어나서 할 수 있는 모든 효도는 유치부 시기에 끝이 난다고 한다. 그중에서 부모에게 줄 수 있는 가장 큰 효도. 사랑스러운 모습은 2세 전에 모두 보여주는 것이라 한다.

우리는 자녀들에게 성장하면서 좋은 성적을 받고 좋은 대학에 취직하고 멋진 직장에 들어가 주는 효도를 바라기보다 있는 그대로의 모습을 효도라 생각하고 흠뻑 받아보면 어떨까?

그러면 이 아이들이 성장해서 조금 부족해도 조금 만족스러운 결과를 보여주지 못하더라도 그렇게 상처 되는 말들로 아이들을 아프게 하진 않을 텐데. 그리고 이렇게 말해 보자.

"괜찮아, 너는 충분히 잘 할 수 있는 아이라는 것만 잊지 마. 그리고 엄마·아빠는 너를 통해 받을 수 있는 기쁨은 이미 다 받았으니깐 엄마 아빠를 실망하게 해 죄송하다는 말은 안 해도 될 것 같구나."

너무나 멋진 부모님이 되지 않을까? 자녀에 대한 욕심이 나날이 커지는 내 모습을 발견할 때 나는 아이들의 아기 때 앨범들을 꺼내어 보고는 한다. 내 아이가 성장하던 어릴 적 한순간이라도 놓칠까 봐 사진으로 글로 담아둔 기록들을 보면 지금의 내 욕심이 얼마나 부질없는 것인지 느낄 때가 있다. 아이들은 존재만으로 사랑받아 마땅한 것을 무엇을 그렇게 욕심내고 가르치려 했을까?

초보 엄마의 눈에는 모든 것이 신기하고 사랑스럽기만 했던 아이들이었다. 그 아이들 때문에 엄마로서 부딪치고 느끼고 깨달음을 얻을 수 있는 하루하루가 그렇게 소중한 시간임을 그때는 몰랐다. 그렇다고 다시 그 시절로 돌아간다면 그때보다 더 아이들에게 잘 해주는 엄마, 완벽한 엄마가 되리라고도 생각하지 않는다. 지금은 아련한 육아의 힘든 추억들이 간혹 그리운 기억으로 되살아나곤 한다. 하지만 나는 노력했고 최선을 다했기 때문에 육아에 대한 후회는 남지 않는다.

우울증,
한 번은 거쳐 가는 통과 의례

비가 내린다. 아기는 곤히 잠을 잔다. 밀린 집안일을 하고 창밖을 바라보다 시큰거리는 손목을 어루만진다. 산후 달라진 몸은 집안일에도 쉽게 피곤하고 땀이 비 오듯 흐른다. 시원한 빗줄기를 바라보기 위해 베란다 창가에 섰을 뿐인데 손목이 시큰해 오면서 눈물이 핑 돈다. 내가 바랐던 내 모습에서 이런 모습은 없었는데 엄마 되는 것이 참 힘들구나 싶다. 나의 어머니도 나를 그리고 그 많던 자식들을 이렇게 힘들게 키우셨겠구나. 이제야 제대로 부모님의 마음을 이해하는 딸이 된 것만 같다. 우리는 부모가 되어서야 진정 부모 마음을 이해하게 되니 옛 어른들 말씀이 꼭 맞아떨어진다.

'너도 결혼해서 꼭 너 같은 자식 낳아 보라고.'

그래, 나는 이제 자식을 낳고 그 미안함과 고마움과 그동안 몰랐던 부모님의 사랑을 마음으로 느끼며 진정 부모가 된다는 것이 이렇게 무거운 돌덩이 하나를 머리에 이고 가듯이 힘든 거구나 이해하게 되었다. 빗물이 흘러내리는 창가에 서서 우두커니 창밖을 보다 보니 슬픔은 배가 되는 것 같았다. 눈물이 마르질 않는다. 비 오는 날은 감정이 올라와서 그렇다 치더라도 맑은 날도 그랬다.

햇살이 유난히 좋은 오후, 아토피 때문에 일회용 기저귀를 사용하지 못하는 아들의 기저귀를 삶아 빨고 햇살에 널다 보면 환한 햇살 아래 가벼운 발걸음의 사람들을 쳐다보게 된다. 나는 나가고 싶어도 아기 때문에 잠시 나가는 것도 큰일인데 가벼운 발걸음의 사람들이 부럽기만 하다. 목소리라도 듣고 수다라도 떨고 싶어 친구에게 전화라도 하면 근무하는 친구들은 잠시 반가워하다가 바쁜 듯한 목소리에 눈치껏 전화를 끊게 된다. 혹시 편하게 통화라도 하려고 하면 자고 있던 아기가 깨서 울기 시작한다. 급하게 전화기를 내려놓고 아기에게 달려간다. 남편은 근무 중이라 바쁠 테고……. 온종일 남편을 기다리다 저녁 늦게 들어오는 남편이 몹시 반갑지만, 남편도 지친 하루를 쉬고 싶다 보니 긴 대화는 힘이 든다.

여자는 말로 풀기만 해도 스트레스가 덜 쌓인다는데 나는 말로서도 풀 수가 없는 거구나 싶다. 대화의 상대가 없는 초보 엄마들은 누구나 통과의례처럼 정도의 차이는 있지만, 이 시기들을 꼭 거치는 듯하다.

첫아이 때 겪은 이 기분을 익히 아는 터에 둘째를 낳고는 곧바로 혼자만의 작품을 만들기 시작했다. 바쁜 육아의 시간 중 나만의 시간을 가져야만 긴 우울증의 시간을 두 번 다시 겪지 않을 거로 생각했다. 아기가 잠든 시간, 그리고 모든 가족이 잠든 새벽에 작품에 몰두했다. 지금은 수업이 없어졌지만, 문화센터에서 오래전에 있었던 새도 박스라는 수업이 있었다. 평면 그림을 여러 장 입체감 있게 붙여서 액자를 만드는 작업이었다. 섬세하게 나무도 자르고 구름도 자르고 부피감 있게 그림을 올리고 붙이고 코팅을 하고 완성하는 시간은 행복했다. 하나에 몰두하는 것이 여러 가지 생각을 정리해 주는 것을 알게 되었다. 내가 가치 있고 무언가 할 수 있다는 것에 성취감이 생겼다.

"아! 아무리 힘들어도 나만의 시간을 가져야 하는구나. 그래야만 나를 잃지 않고 우울해하지 않으면서 버텨낼 수 있겠구나."

우울증인 줄도 모르고 내 감정에 깊이 빠져 있을 때는 소중한 것이 내 곁에 있음을 알지 못한다. 괜히 주변 사람에게 더 섭섭함이 커지고 내 슬픔을 알아주지 못함이 야속하기만 하다.

감정이 날카로워져서 때로는 누군가에게 탓을 하면서 뾰족해진 감정의 모서리로 사람을 아프게 하기도 한다. 누구나 경험하는 그 기분을 나도 엄마가 되고서야 충분히 그 마음을 느끼고 아파해야만 했었다.

지금은 까마득히 오래된 추억 속에 묻어둔 아픔의 한 부분이지만 이 또한 지나가는 육아의 과정이 아닌가 싶다. 누구나 거쳐 가는 길이기 때문에 덜 아파하며 덜 슬퍼하며 덜 힘들어하며 넘어갈 방법을 내 안에서 찾아야만 한다. 조금만 조언을 듣고 도움을 받을 수 있다면 산모일 때 기다림이 충만할 때 스스로 할 수 있는 취미를, 가정에서 몰입할 수 있는 하나의 취미를 미리 만들어 보는 것도 좋은 방법이라 추천하고 싶다.

나는 첫 아이 때 힘든 경험을 기억하고 둘째 때는 미리 작품 활동할 재료들을 구해 놓고 집안에 갇혀서 아무것도 할 수 없다고 생각할 때 작품 활동을 해 보았다.

그때 만든 작품이 8점 정도의 액자로 완성되었다. 그중 세 작품은 아직도 내가 근무하는 곳 제일 잘 보이는 곳에 걸어두고 있다. 한 번씩 일하다 시선이 그림에 가만히 가서 머무를 때면 남들은 모르는 내 지나간 아픈 시간이 떠올라 혼자 짠하게 바라볼 때가 간혹 있다. 그러면서 저 때도 잘 참고 이겨냈는데 이쯤이야 더 잘 버틸 수 있다는 생각으로 일을 열심히 하게 된다. 나는 3점의 작품을 내가 살아 있는 동안 늘 일하는 공간에 두고 함께 할 생각이다. 그리고 내가 세상을 떠날 때 내 며느리에게 선물로 한 점씩 주리라. 나의 유품으로.

내 삶의 힘든 시간을 이겨내게 해 준 작품이라는 설명과 함께……. 우리는 삶의 힘든 고비를 넘을 때 가끔은 단순해질 필요가 있는듯하다. 무념무상으로 단순한 작업을 통해 머리를 비워 낸다거나 생각을 하지 않는 방법들이 그것이다.

세상으로부터의 힘든 스트레스를 벗어나기 위해서 또는 생각을 비우기 위해서 사람들은 걷기를 선택하고는 한다. 멀리 산티아고를 걸어서 완주하는 때도 있지만 가까운 산을 오르며 조금이라도 맑게 비워진 단순한 생각을 하길 희망하는 경우이다. 어떤 경우이든 우리는 단순한 걷기를 통해서 무거워진 머리를 가볍게 만들 필요가 있다. 그리고 어떤 이는 독서에 빠지기도 한다. 책을 통해 원하는 정보도 얻으면서 자기 생각도 깊게 하는 독서도 육아의 시간을 슬기롭게 만드는 하나의 방법이 될 수가 있다.

지난번 조금 이른 가을 산행을 하기 위해 가까운 산을 남편과 올랐다. 간단한 물만 챙겨서 오르는 나도 숨이 가쁘고 산 위에서 만나는 바람은 사뭇 달라서 차갑기까지 했다. 정상에서 오래 있지 못하고 천천히 내려오는 중에 산을 오르는 아기 엄마를 만났다. 뭐라고 말을 붙이지 못할 정도로 심각하게 생각에 빠진 모습이었다. 나도 추운데 엄마의 가슴에 매달려 올라오는 아기의 다리가 유난히 추워 보여서 뭐라도 있으면 덮어주고 싶을 지경이었다. 무엇이 아기 엄마를 무거운 몸으로 산을 오르게 했을까? 남들은 모르는 아기 엄마만의 육아 스트레스와 우울하기만 한 힘든 일들이 있지 않았을까 미루어 추측해 보았다.

나 또한 그 시간을 견뎌냈기에 짠한 마음에 자꾸만 고개를 돌려 바라보게 되었다. 자신만의 방법을 꼭 찾아야만 한다. 그렇지 않다면 아이에게 좋은 영향력을 줄 수가 없다.

아이들은 오롯이 엄마를 믿고 낯선 세상에 와서 적응하는 단계이기 때문이다. 엄마가 든든한 버팀목이 되어 주고 흔들림이 없어야만 아이들은 묵묵히 건강하게 안정감 있게 성장을 한다고 본다. 우리에게 주어진 우울증도 하루빨리 벗어날 방법을 찾기 위해 노력하고 또 노력해야만 한다. 나는 작품 만들기에 집중하며 이 힘든 육아의 시간과 우울한 시간을 이겨내고 버텨냈던 것 같다. 독서라는 또 다른 방법을 찾기 전까지는.

독서,
나를 성장시켜준 첫 번째 키워드

결혼하기 전에 남편은 꽃과 더불어 책 선물을 많이 해 주었다. 때론 내가 필요하고 읽고 싶은 책을 이야기하면 사다 주곤 했다. 그 시절 좋아했던 책은 로맨스 소설이나 베스트셀러 중에서 눈에 띄는 책을 주로 읽었다. 남들은 어떻게 생각할지 모르겠지만 내가 제일 감명 깊게 읽었던 책이 있다. 그중 하나는 조앤 리의 '스물셋에 사랑, 마흔아홉의 성공'이란 책이다. 나는 이 책을 읽고 인생이란 타인의 눈높이에 맞춰 사는 것이 아니라 내가 선택하고 또 그 선택에 책임지며 살아야 하는 것과 그 안에서 행복하기 위해 서로 노력해야 하는 거라는 것을 배웠다. 순수한 신부님과의 사랑도 파격적이었지만 진실한 사랑은 스스로가 선택하는 것이라는 것도……

그리고 또 한 권은 이상헌 칼럼니스트의 '행복한 가정 만들기'였다. 결혼을 앞둔 적령기라서 그랬을까? 솔직 담백하게 써 내려간 칼럼을 읽으며 내가 만들 미래의 가정을 이 글처럼만 만들어 가도 참 좋겠다 싶어서 몇 번이나 읽고 또 남편에게도 권했다.

결혼 이후 아기 키우느라 편안히 책 읽을 시간은 없었지만 매달 첫째 주가 되면 남편은 월간 '좋은 생각'을 슬며시 건네주곤 했다. 길지 않은 글을 읽으며 마음을 다스리라는 뜻이었겠지. 하지만 나에게 지금 필요한 건 궁금한 것들을 알려주는 육아 서적들이 사실 더 필요했다.

지금처럼 핸드폰과 가깝게 지낼 수 있는 시절이었다면 정보를 검색하고 찾느라 아마도 나는 책을 가까이 안 했을지도 모른다. 그 시절엔 삐삐에서 무전기 같은 핸드폰으로 넘어가던 시절이었다. 컴퓨터도 DOS에서 윈도로 겨우 넘어가서 상용화되고 있던 시점이었다.

남편 혼자 외벌이에 깨알 같은 가계부에 하나라도 누수가 될까 나에게 투자하는 것은 아예 차단하고 살았으니 책 한 권 사는 것도 나에겐 투자였고 아깝다고 생각을 했다. 무조건 나를 위한 지출은 줄여야 했으니깐.

그래도 깊이 생각하면 늘 방법은 보이는 법. 집에서 가장 가까운 곳에 비디오와 책을 함께 대여해 주는 친절한 가게가 떠올랐다. 몇백 원만 주면 책 한 권을 일주일 정도 볼 수 있으니 아기를 잠깐 재우고 빠르게 다녀오면 가벼운 주머니에 정보를 얻을 책을 읽을 수 있겠구나 싶어서 바로 실천을 했다. 몇 권의 육아서적을 고르고 돌아 나오는데 재밌는 제목이 눈에 들어왔다. '50만 원으로 50억을 번 여자.'

"뭐지? 재미있는 제목이네. 한 번 빌려 가서 볼까?"

대여료가 워낙 싸니깐 한 권 더 빌리는 건 그렇게 고민하지 않아도 되었다. 그렇게 아이를 재우고 짬짬이 읽었던 책들은 나에겐 좋은 선생님이 되고 용기가 되고 동기 부여가 되었다.

"세상의 모든 엄마는 초보인데, 뭐 다 잘 할 수 있겠어? 하다 보면 베테랑 엄마가 되겠지."

그렇게 나는 책 속의 육아 방법들을 이렇게도 해 보고 저렇게도 해 보며 나에게 맞는 방법을 찾는데 자신감이 생겨나기 시작했다. 그 당시 읽었던 책이 시찌다 마꼬또 박사님의 '0세 교육'이란 책을 보고 '가만히 누워 있는 아기도 두뇌 활동을 하는구나. 뱃속에서도 이미 다 듣고 있었고 다 보고 있었기에 태교를 그렇게 하라고 옛 어른들이 말씀하셨구나!' 이해하기 시작했다. 잘하면 내 아이도 내가 영재로 만들 수도 있겠다는 자신감에 당장 아기가 누워서 바라보는 모빌을 내 손으로 그려 보았다.

흑백 한 세트, 컬러 한 세트. 그리고 낚싯줄에 하나씩 균형 맞춰 걸고 아기가 눈을 뜨면 매일 볼 수 있도록 천장에 달아 주었다. 엄마가 책을 통해 얻은 지식으로 아이에게 처음으로 무언가를 해 주었다는 생각에 마음이 뿌듯했다.

자신감이 점점 생겨나서 무엇이든 새로운 것은 실천해 보고 또 경험해 보고자 하는 실험 정신이 강한 사실은 그리 새롭게 할 만한 것이 없으니 재미로 하나하나 해 보았던 것이 결국은 나를 영재 교육의 길로 걸어가게 만들었다. 점점 나만의 교육관이 생겨났다.

아이는 누구의 손에 맡기지 않고 내 손으로 꼭 키워 내리라 단단히 다짐했던 것도 책의 영향이 가장 컸다. 그리고 책 반납일이 돌아오면서 호기심에 골라왔던 '50만 원으로 50억을 번 여자'를 읽었다. 어린 시절부터 찬찬히 필자의 인생 스토리를 꼭꼭 눌러 담은 책은 어렵지 않게 읽었다. 주인공 또한 나와 같은 평범한 아내였고 누군가의 엄마였다. 트리플 A형이면서도 자신의 삶을 당당히 만들어 가며 유학원 대표가 되기까지의 이야기는 내성적인 여성도 사회생활을 잘 해낼 수 있는 CEO가 될 수도 있다는 생각을 하게 했다. 그리고 누구나 자신을 하찮게 생각하지 말고 어떤 위치에서라도 남과 다른 최고가 되어야 한다고 생각했다. 그래야 사람들은 그 사람을 깔보거나 함부로 대하지 않게 된다.

집에서 아이 돌보고 전업주부로 집안에서만 머물게 되면 스스로 그릇이 작아지고 위축되는 경우가 많다. 때로는 남편 혼자 벌어오는 땀방울의 돈을 아무 노동 없이 혼자서 쓰는 것이 미안해서 나를 위해 투자하지 못하고 자식과 남편만을 위해 쓰고 또 모은다. 바로 내 모습이었다.

결혼 전 맞벌이할 때는 그나마 필요한 책 한 권, 화장품 하나 당당하게 사 쓰던 내가 어느 순간 나를 위한 것들에 투자하지 못하고 어떻게든 절약에 절약만을 하는 것이 최선이라 생각하고 있었다.

'그래, 집안일을 하더라도 어쩔 수 없이 하는 것보다 최선을 다해 보자. 남편이 감사할 정도로 그리고 즐겁게 해 보자.' 라는 생각이 들기 시작했다. 전업주부도 꾸밀 수도 있어야 하고 당당해질 필요도 있지. 나 스스로가 위축되어 있으면 누구도 날 위해 주지 못할 거야. 내가 나를 위해 주자.

그다음 날 백화점 나들이를 갔다. 용기 내서 옷을 샀다. 외출용으로 입을 수 있는 편안한 옷으로. 자신감이 조금 생겨났다. 이제 아기와 외출도 하고 예쁜 엄마 모습으로 함께 다닐게. 다이어트도 조금씩 해야겠어. 그래야 엄마도 더 당당해질 것 같아. 서서히 나를 찾고 자신감을 찾으며 육아에 익숙해져 가고 있었다.

살림의 여왕, 내조의 여왕, 육아의 여왕이 되어 보리라. 그때 서정희 씨의 살림 노하우를 담은 책이 1권, 2권이 나오면서 그 책만은 소장하고 읽고 싶어서 남편을 졸라서 사 달라고 하였다. 매뉴얼처럼 끼고 보면서 다 따라 할 순 없지만 몇 가지는 실천해 보려고 노력하였다. 나도 시장에서 천을 사서 커튼도 만들고 격자무늬 창문이 갖고 싶어서 혼자 우드락을 잘라서 창틀도 만들어 보았다. 제일 해 보고 싶었던 아기와의 커플룩도 만들어서 입어 보았다. 그 시절 나의 목표는 서정희 살림 노하우 따라잡기였다. 아기에게 작은 고구마 한 조각을 간식으로 줄 때도 겹겹이 플레이팅해서 우아하게 먹였던 것이 참 정성스럽게 느껴졌다. 가족을 위해서 정성스러운 테이블 세팅을 하고 시각적으로 먼저 만족을 주리라. 그때부터 은근히 그릇 욕심도 생겨났나 보다. 요리에 재미도 붙이고 김치도 직접 담아 먹었다. '가족의 건강은 내 손끝에.'라는 생각으로 정갈한 음식을 만들어 내고자 노력했다.

요즘은 요리를 잘 못 한다. 바쁘기도 하고 맛있게 먹어줄 내 아이들이 멀리 있기도 하지만 가끔 아이들이 집에 오는 날이면 예전 내 모습을 떠올리며 정성을 담아서 하나하나 예쁘게 담아내려고 노력한다. 아이들이 어렸을 때 그때의 그 시절 엄마 모습을 기억해 주길 바라면서. 한 권 한 권의 책들 속에서 나는 해 보고 싶은 것들을 찾았다. 그리고 조용히 실천해 보았다. 비록 어설픈 노력이었고 실천이었지만 하나하나의 경험은 나를 성장시키고 변화시켜 주고 있었다.

그 시절 독서는 나에게는 하나뿐인 스승이었고 길잡이였다.

길을 찾다!
그래, 부딪치며 배워 보자

미용실에 안 간 지가 1년이 다 되어간다. 긴 머리는 머리띠로 올려서 돌돌 말아 큰 핀 하나만 꽂으면 깔끔히 정리되었다. 염색할 이유도 없고 자를 필요도 없었다.

머리띠와 핀 하나면 OK. 아이를 항상 안아주고 24시간 밀착 육아를 하다 보면 화장은 절대 할 수도 없다. 화장품의 진한 냄새도 아이에겐 알레르기 원인이 된다는 것을 나는 알고 있었다. 옷은 늘 헐렁한 면 셔츠에 쫄바지 차림. 누가 봐도 아기 엄마이다. 누가 봐도 전업주부였다. 하루는 퇴근한 남편이 나를 보고 이렇게 말했다.

"세수는 하고 지내는 거야? 아침 나갈 때랑 모습이 똑같네. 옷은 왜 같은 옷만 입어? 그 옷이 그렇게 좋아? 머리 모양 좀 바꿔보지. 미용실에도 좀 가고……."

이런 소리를 듣는데 울컥 화가 치밀었다.

'온종일 아이랑 씨름하고 붙어 있다가 겨우 잠들면 집안일 하기 바쁜데 내 모습 꾸밀 시간이 어디 있어? 외벌이 남편 월급에 내가 입고 싶은 옷을 사는 것도 지금 나에겐 사치라서 꾹꾹 참고 있는데, 뭐?'

한바탕 쏟아붓고 싶은 마음이 들었지만 한번 꾸욱 참았다. 그리고 화를 누르고 말했다.

"아이가 늘 와서 안기고 비비고 해서 면이 아닌 옷은 입을 수가 없어. 화장도 외출할 때 아니면 못하지. 잘 보일 사람도 없는데. 그리고 향기 강한 것은 아기에게 좋지 않거든. 머리는 미용실 가면 돈 들잖아. 이게 제일 편해."

그렇게 대답하고 나니 서글픔이 밀려왔다. 그리고 그렇게 말한 남편의 마음도 이해가 되었다. 결혼 전 그래도 남편을 쫓아다니게 했던 내 모습은 이제는 간 곳이 없다. 1년이란 시간 동안 내가 봐도 나는 너무 많이 변했고 내 기준에는 남편에게 잘 보여야 할 아무런 이유가 없었다. 그런 내 모습을 나는 신경 안 쓰지만 매일 보는 남편은 불만이 되었겠지.

직장 생활 7년을 마지막으로 현모양처가 되겠다고 결혼에 골인한 나는 직장 생활하는 것보다는 집안 살림을 하기가 쉽고 익숙해서 충분히 잘하리라 생각했다. 직장 생활이 아무리 고달파도 한 달이라는 시간이 지나면 어김없이 수고했다는 의미로 월급이라도 나오고 그걸로 스트레스도 풀 수가 있었다. 하지만 가정생활과 육아는 매일 똑같은 일의 반복에 누구 하나 수고했음을 알아주는 이는 없다. 잘하는 것은 당연하고 하나라도 잘못하면 집에만 있으면서 이것도 못 하느냐고 핀잔을 받아야만 하는 것임을 나는 몰랐다. 그랬구나. 그래서 전업주부는 그렇게 직장인 엄마들을 부러워했던 거였구나. 이해가 되기 시작했다. 아이들이 다 크고 나서 가끔 추억의 앨범들을 넘겨보다 보면 나도 모르게 웃음이 나온다.

내가 봐도 그때의 내 모습은 정말 아줌마 같았고 꾸미는 것과는 전혀 거리가 멀었던 모습이었다. 세상에 둘째가라면 서러울 정도로 자존심 센 나는 살짝 기분이 나빠졌다.

결혼할 땐 거짓말인 줄 알면서도 손에 물 안 묻히고 살게 해 주겠다는 새파란 거짓말도 알면서 속아 주었건만 이제는 나를 무시하는 발언을 하다니. 내 마음도 몰라주고……

나, 이렇게 살다가는 헌신하고 살아가는 내 모습은 사라지고 더욱더 무시당하는 것 아냐?라는 생각이 들기 시작했다. '말 한마디에도 이렇게 속이 상한데 더 심하게 자존심 상하면 어쩌지?' 걱정되었다.

그렇다고 아이를 두고 나만 가꾸고 살고 싶지도 않았다. 머릿속이 복잡해져 왔다. 내 복잡한 마음과는 달리 아이는 하루하루 예쁘게 자라주고 있었다. 이제는 발육의 속도가 급성장기를 지나고 행동들이 커지고 정교해지기 시작했다.

아이에게 무언가 교육적인 것을 제공해 줄 시기가 되었다고 생각했다. 아무것도 모르는 나는 책을 통해 습득된 지식과 매스컴의 영향으로 아이를 위한 교육 자료들, 책을 하나둘씩 사 모으기 시작했다. 왠지 값비싼 자료들을 구입하면 아이에게 더 좋은 영향을 줄 것만 같기도 했던 그 시절. 나는 점점 교육 자료에 욕심을 가지는 엄마의 모습으로 변하고 있었다.

이웃집의 같은 개월 수의 아기 엄마의 초대로 그 집을 방문해 보면 보란 듯이 빼곡히 자리 잡은 장난감과 교육 자료, 책들이 나의 시선을 사로잡았다.

'아! 나도 우리 아들에게 저런 것 사 주고 싶은데……'

집으로 돌아오면 못 해 주는 엄마 마음은 무겁기만 했다. 모르니깐 다 탐이

났고 모르니깐 더 해 주고 싶었다.

남편의 월급을 생각하면 무리해서 샀다가는 다음 달 생활비도 안 남을 판이다.

'어쩌지? 어쩌지?'

고민하다가 알아낸 곳이 중고서적 물물교환 사이트였다. 아이들이 커서 필요 없어진 책들을 올려놓으면 금액을 흥정해서 택배로 받고 입금해 주면 싸게 구할 수 있는 곳이 있었다. 그것도 부지런해야 좋은 것을 찾아낼 수 있고 또 남편이 보면 뭐라고 할 것 같아서 몰래몰래 사서 한두 개씩 꺼내두고 쓰기도 하며 눈치를 보았다.

왜냐하면, 나는 수입이 없으니깐 눈치를 볼 수밖에 없었다. 그렇게 살다 보니 하루는 내가 너무 불쌍하고 안쓰러웠다. 결혼 전에는 당당히 맞벌이했는데 이제는 눈치를 보며 산다.

내 아이에게 해주는 것을 왜 당당히 못 해 주지? 아이가 더 크면 지금보다 더 해주고 싶은 게 많아질 텐데 그땐 어떡하지? 지금도 살짝 나를 무시하는데 이대로 살림만 살고 애만 키우면 더 무시당할 수도 있겠네. 내가 당당해지려면 내 수입이 있어야겠구나. 그러려면 일을 해야겠구나. 그런데 아이는 누가 봐주지? 나는 이 아이를 누구 손에도 못 맡기겠는데.

이런저런 생각에 고민은 꼬리에 꼬리를 물고 싶어만 갔다.

궁하면 통한다고 했던가? 깊은 고민 끝에 나를 도와주실 수도 있을 분이 떠올랐다. 결혼 전 나를 예뻐해 주셨던 나이 많으신 여의사 선생님 한 분이 법인 어린이집 설립을 하고 원장님으로 가시면서 애 낳고 나면 같이 일하자고 하셨던 말씀이 생각났다.

그곳이라면 내가 우리 아이를 데리고 가서 일할 수도 있겠다고 생각하고 바로 연락을 드리고 아이를 둘러업고 찾아가게 되었다. 그날은 어린이집에서 작은 발표회가 있던 날이었다.

먼발치에서 인사를 나누고 행사를 지켜보다 보니 내가 믿었던 원장님은 이사장님으로 계시고 따님이 원장의 직함으로 일하고 있는 것을 알게 되었다. 내가 모르는 분이다. 나를 예뻐해 주셨던 분은 저분이 아닌데. 내 입장을 설명하고 부탁드리기엔 말이 떨어지지 않았다. 아이를 데리고 일하러 오고 싶다는 말을…….

입도 못 떼고 인사만 드리고 씁쓸한 발걸음을 돌려야만 했다. 겨우 생각해 내고 믿었던 구석이 없어지자 며칠 동안 기운도 없고 우울해졌다. 직장을 구하기가 쉽지가 않구나. 아이를 낳고 직장을 구하는 것은 어디를 가도 눈치가 보이고 또 아이에게도 미안해지겠다는 생각이 들었다.

그렇게 며칠 고민했다. 내가 눈치 안 보고 내 아이를 돌보고 교육할 수 있게 내가 원을 차리면 어떨까? 경제적으로 부담스럽지 않게 작은 미술학원이라도 알아볼까? 20년 전에는 미술학원도 유치부 교육이 가능했고 아이들도 많았던 시절이었다. 또 아이를 업고 아는 분들이 하고 계시는 미술학원을 직접 방문해서 운영과 관련된 이야기들을 듣고 다녔다. 운영에 겁도 났지만 하면 잘 해낼 수 있을 것 같았다. 하지만 우리 아이가 너무 어렸다. 이 어린아이랑 함께 이 공간에서 과연 가능할까?

눈으로 직접 보고 혼자서 평가하고 운영을 상상해 보았다. 선뜻 자신 있게 말을 못 했다. 지금 생각하면 나름 집에서는 아이에게 맞는 눈높이 교육을 해 주고 있다고 자부하는데 보육 중심의 장난감과 시설들을 보면서 내 마음에 쏙 들지 않은 부분이 많았던 것 같다.

그때 느꼈다. '나는 교육을 하고 싶어. 보육하고 싶지 않아. 아이들을 잘 가르치고 싶어.'라고……. 내 생각이 여기에 이르자 미술학원이 아닌 특별한 교육을 하는 곳을 몇 군데 추천해 주었다. 나름 독특한 교육 방법으로 아이들을 지도하는 학원들이었다. 교육은 재미있는 커리큘럼으로 교구 위주의 수업들과 아이들의 두뇌 성향도 검사할 수 있는 시스템이 있었다. 영어 교육은 기본으로 들어가 있으며 아이들의 절대음감을 위한 정서 교육도 잘 되어 있는 영재교육 센터들이 많았다. 매력이 있었다. 꼭 내가 운영자가 안 되더라도 내 아이는 일반 보육 시설이 아닌 특별한 교육을 받을 수 있도록 이런 곳에 보내고 싶다는 생각을 가질 정도였다.

그렇게 나의 교육기관 답사는 명확한 해답을 찾지는 못했지만, 아이들을 돌보는 현장을 직접 보고 내 생각을 정리할 수 있게 해주었다. 당장은 아니더라도 꼭 아이들을 잘 가르치고 지도할 수 있는 교육 센터를 운영해 보고 싶은 막연한 바람을 가지고 현장답사는 마무리 지을 수밖에 없었다.

아이가 처음 고난을 만나는 순간
엄마 가슴은 무너진다

나는 아이의 성장만큼 점점 베테랑 엄마가 되어가는 느낌이 들었다. 여유 있게 두 귀를 열어 놓고 아이의 교육에 대해 내가 알고 있는 지식을 보태어서라도 이야기해 줄 수 있게 되었다.

첫 어린이집을 선택해야 할 순간이 왔다. 내가 보내고 싶은 특수교육 쪽인 영재교육원은 나이가 어려서 안 되니 1년만 어린이집에 보내게 되었다. 왜냐하면, 둘째가 곧 태어날 예정이니 이제 또래들과의 단체 생활을 익혀야겠다고 판단을 했기 때문이다. 대구의 외곽 지역이었지만 아파트만 있는 동네여서인지 어린이집 자리는 순식간에 차버렸다.

다행히 한군데 전화를 하니 딱 한 자리가 있다고 하기에 얼른 택시를 타고 가서 상담도 필요 없이 바로 등록으로 이어졌다. 시설도 좋고 규모도 지하 수

영장이 있는 큰 규모의 어린이집이었다.

4세만 한 교실에 30명 정도 들어가는 엄청 큰 규모였다. 물론 교사는 2명이 었다. 첫아이를 보내는 엄마의 마음은 불안함이 묻어날 수밖에 없다. 그 마음을 읽으셨는지 나이 지긋하신 원장 선생님은 일주일만 적응하면 누구든지 다 잘한다고 걱정을 달래주셨다. 믿음이 생겼다. 나보다 더 잘 보살펴 주실 거야. 아이와 오리엔테이션도 다녀오고 왜 친구들이 있는 어린이집에 가야 하는지 충분히 설명도 해주면서 등원 날짜만 기다렸다.

드디어 첫 등원 노란 버스를 타고 가는 날. 나는 세상에서 가장 힘든 이별을 경험했다. 나와 4살이 될 때까지 한 번도 떨어져 지내본 적 없던 아이는 어린이집 노란 버스가 도착하자 떠나갈 듯이 울기 시작했고 노련한 선생님이 아이를 안고 달래며 가시는 모습을 보며 난 그 자리에서 얼음이 되어버렸다.

아! 내 아이가 울고 가는 모습이 이렇게 가슴이 아플 줄이야. 버스가 떠난 자리에서 한참을 우두커니 서 있다가 집으로 들어와서 혼자서 엉엉 울었다.

"미안해. 엄마가 더 함께 못 있어 주고 널 어린이집에 보내서……. 엉엉."

아이가 돌아올 때까지 아무것도 못 하고 안절부절못하는 내 모습을 보며 '내가 이러면 안 되지. 엄마가 더 당당해져야지.' 수없이 최면을 걸었다. 그런데 웬걸……. 하원하는 차에서 웃으며 내리는 아이를 보니 아침의 모습이 생각이 나서 웃음이 나왔다. 너무나 다행이라 생각하며 그래도 울지 않고 돌아 와준 아이에게 고마움과 하루 동안 힘드셨을 선생님들께 감사드렸다.

다음 날 아침. 어제와는 다를 거라는 생각으로 등원 차량을 기다리러 가는데 복도에서부터 울기 시작한다. 아파트 전체가 울린다. 이러면 안 되는데 어쩌지? 또다시 당황스러워하면서 아이를 달래고 또 미안한 마음으로 아이를 울려서 보냈다. 마음이 너무 아파서 오늘은 조금 일찍 어린이집으로 데리러 가야겠다. 마음먹고 아이를 데리러 가 보았다. 현관 밖에서 기다리는 나에게 아이를 데려다주는 선생님과 잠시 이야기를 나누었다.

"어머니, 아이가 너무 의젓해요. 다른 아이들보다 정말 손도 많이 안 가고 잘 따라줘서 정말 예뻐요."

"아유, 감사합니다. 선생님! 혹시나 못 따라갈까, 아침 차량 때처럼 울고 있진 않을까 걱정이 많이 되었어요."

그렇게 인사를 하니 선생님께서 웃으며 이야기를 하셨다.

"그런데 좀 독특한 데가 있어요. 4세 정도 되면 모두 제자리~~ 노래를 불러도 쫓아다니고 앉는 자리 잘 못 찾고 있는 것이 정상인데 준수는 모두 제자리 하면 정리 다 하고 앉는 자리에 혼자서 앉아서 끝까지 기다리고 있는 모습이 교육을 받고 온 아이 같아요. 애가 애 같지 않고 너무 의젓해요."

칭찬으로 받아들여야 하는데 이상하게 묘한 느낌이 들었다.

애가 애 같지 않다고?

나중에 알고 보니 30명 가까운 아이 중 선생님과 의사소통이 되고 말을 정확히 할 수 있는 아이는 여자 친구 한 명과 내 아이 한 명뿐이었다. 유일하게 말귀를 온전히 다 알아듣고 선생님 말씀을 따를 수 있었던 아들은 자신과 같은 또래 친구들이지만 상호 작용과 소통을 하면서 지내기엔 재미가 없었던 모양이었다. 그래서 울고 가기 시작한 것이 6개월이 지속하였다. 아이는 말은 안 했지만 울었고 표정은 어두워졌다. 원장 선생님께서는 일주일이면 괜찮아질 거라고 하셨지만 6개월이 지속하자 당황스러워하셨다. 이렇게 길게 적응하지 못하고 우는 친구는 지금까지 처음이라고……

내 마음이 아파졌다. 이 아이를 참게 하고 계속 보내야 할 것인가? 아니면 내가 키워야 할까? 그 사이 아이는 단체 생활을 처음 하게 되니 남들이 하는 병은

다 앓아보는 경험을 하게 되었다. 수족구병을 처음 앓았다. 입안이 온통 하얗게 되어 음식을 먹을 수가 없게 되었다. 난생처음 초보 엄마인 나는 아이의 수족구병을 처음 보고는 놀라고 미안해서 또 엉엉 울었다. 물도 제대로 삼키지 못하는 아이를 등 떠밀어 무조건 차에 태워서 보냈던 것이 너무도 미안해서. 한 달에 10일 이상을 병원에 다녔다. 단체 생활을 하면 가장 먼저 옮는 게 호흡기 질환이다. 피해갈 수 없는 부분이다. 한 명이 감기에 걸리면 돌아가며 다 감기를 걸리는 것 같았다.

나는 빠르게 결정했다. 비록 내가 둘째 때문에 힘이 들겠지만, 아이가 다시 건강해지고 밝아진다면 내 힘으로 좀 더 아이를 키워야겠다고……. 그리고 8개월 만에 어린이집 단체 생활을 그만두었다. 아이는 더 이상 아프지 않았다. 그리고 다시 밝은 모습으로 돌아왔다.

둘째 낳고 키우랴, 큰아이 돌보랴, 두 배 더 힘들게 살았지만, 그 시간 동안 큰 아이는 혼자만의 놀이도 배우고 어린이집에서 배웠던 것도 복습하며 4세 후반에 한글을 모두 읽어 버렸다. 나는 내 아이가 천재인 줄 알았다.

그래, 특별하게 키울 욕심은 아니었지만 좀 다른 면이 있긴 있구나.

겨우내 집안에서 지낸 아이는 따뜻한 봄이 되고 마음이 안정되었는지 소수 정예의 영재 교육원에 입학했다. 또 울면 어쩌지 걱정을 안 할 수는 없었지만, 아이를 믿었다.

그런데 첫날부터 아이의 표정이 너무나 밝았다. 돌아오는 것도 어린이집에서는 3시가 넘어야 돌아왔었는데 영재 교육원은 점심 먹고 1시면 집으로 돌아오니 컨디션이 굿이었다.

한 교실에 10명이 채 안 되는 7~8명의 아이가 차분하게 선생님과 눈 맞추고 교구 활동도 하고 상호 작용도 하고 그림도 그렸다. 음률 활동은 특별히 피아노가 있는 곳에서 피아노 소리에 맞춰 몸으로 표현하며 신체 표현 활동을 하였다. 수업의 내용이 시청각적 자료들이 충분히 제공되다 보니 아이는 모든 활동에 흥미를 느꼈던 것 같다. 배우는 것들을 너무 재미있어했고 집에 돌아오면 엄마에게 배운 것들을 가르쳐주는 것이 참 신기했다.

아이가 좋아하는 것을 지켜보는 내 마음은 너무나 행복했다. 더욱이 배운 정도가 너무 다양하고 표현력이 좋아지니 집에서 따로 노력해서 가르치지 않아도 좋고 엄마인 나는 아이와 책 읽기 놀이만 열심히 하면 끝이었다.

그렇게 만족했던 교육 기관이었지만 걱정도 있었다. 주변의 시선 때문이었다. 다른 어린이집보다 2배 이상 비용이 비싸고 타이틀도 영재 교육원이다 보니 자기 자식만 특별하게 생각하는 엄마처럼 보일까 싶어 아이의 가방을 들고 마트에 가면 이름이 안 보이도록 들게 되었고 고모들이나 주변 사람들이 물으면 작은 미술학원에 보낸다고 거짓말을 하였다. 별난 엄마로 보는 게 싫었다. 아이가 만족해서 보내는 것뿐이었는데……

세상 엄마들은 다 안다.

좋은 교육이란?

아이가 행복해하는 교육이라고.

초보 엄마였던 우리는 교육의 가치관이 분명할 수가 없다. 그래서 옆집 아이가 어디에 가는지 우리 아파트에서 가장 많이 가는 곳이 어디인지, 어디가 인기 있는 교육 기관인지를 찾게 된다. 하지만 그곳에서 생활할 아이가 얼마나 행복할지는 생각지도 못하고 엄마의 기준으로만 교육기관을 선택하는 경우들이 많다. 우리의 교육 기관 선택 1번은 무조건 아이가 행복해하는 곳이어야 한다. 지금 생각해 보면 제일 기억에 남는 말이 하나 있었다. 아시는 선배님께서 철없던 초보 엄마에게 툭 던져주신 말.

"처음 아이들 어디 보낼 때 시설부터 보는데 그러지 마. 시설이 환경이 아니라 교사가 환경이야."

그 말을 마음 깊이 이해할 수 있게 되었다. 그리고 엄마의 눈높이가 아니라 내 아이가 행복하고 즐겁게 생활할 수 있고 또한 성장할 수 있는 환경을 찾아주기 위해 노력하기 시작했다.

그래서 선택한 곳은 작은 소그룹 수업 안에서 아이들의 눈높이에 맞춰 개인별 성장을 끌어주는 영재교육을 찾아가게 되었다. 아들의 성장과 내 성장이 시작되는 순간이었다. 그때는 몰랐지만.

아이가 좋아하는 곳
끝까지 보내고 싶었던 마음뿐

"어머님, 준수는 어쩜 이렇게 반듯하고 의젓할까요? 5세 반에서 준수가 빠지면 수업이 안 될 정도예요."

원장님께서 내 기분에 맞는 말만 일부러 해 주시는 건가? 그래도 기분은 좋았다. 5세가 잘하면 얼마나 잘한다고 괜히 듣기 좋은 말을 해 주시는 거구나 싶었다. 영재 교육원의 수업은 1시간 정도 부모님들께 공개된다. 아이들이 모르게……. 그대로 교실에서 진행되는 수업을 밖에서 한 시간을 보여 주신다. 그 수업을 지켜보며 느꼈다. 저렇게 잠시도 지루할 틈을 안 주니 아이들이 좋아할 수밖에. 내가 저 자리에 앉아 있어도 너무 재미있겠다.

아! 집에 와서 표현했던 것이 저런 수업 때문이었구나!

부모님이 아이들의 수업을 이해하는 시간이었다. 아픔도 있었지만, 아이에게 딱 맞는 교육 기관을 찾은 것만으로 나는 감사할 따름이었다.

"원장님, 둘째도 무조건 여기 보낼 테니 큰아들 잘 키워 주세요."

그 말을 하고 돌아온 날, 나는 그 말을 지킬 수 없는 상황이 생겼다. 남편이 대구를 떠나게 되었다. 다른 대도시면 다른 교육원을 소개받을 수도 있을 텐데……. 하지만 전업주부인 나는 남편의 근무지로 옮겨갈 수밖에 없는 처지다. 잘 적응하고 초롱초롱 즐거운 아이의 모습을 더 이상 볼 수 없다는 것이 마음이 아팠다.

이사를 하고 주변을 살펴보았다. 이곳은 시골이다. 번번한 유치원도 찾아보기 힘들다. 집 가장 가까운 곳에 병설 유치원이 있었다. 선택의 여지가 없었다. 아들을 병설 유치원에 입학을 시켰다.

교실 하나에 한 반이 구성되어 있었으며 교실 내에는 영역별 교구들이 교구장들 바구니와 쟁반 위에 다양하게 놓여 있었다. 매우 낡아서 모서리가 마모되어 있었고 색은 벗겨져 있는 것들이 많았다. 선생님은 한 분이다 . 한 교실에는 25명인데 5, 6, 7세 혼합반이었다. 내심 불안했지만, 선택은 보내느냐 안 보내느냐였다.

아이가 환경에 적응하는 속도는 한 해 한 해 빨라졌다. 우는 것도 없고 금세 친구들도 사귀는 모습이었다. 초등학교 병설 유치원이니 초등학교 운동장에서 함께 바깥 놀이를 할 수 있었다. 그것이 장점이자 단점이 되는 것을 아는 데는 오래 걸리지 않았다.

하루는 점심시간 이후에 아이가 울면서 14층 아파트까지 혼자서 올라온 것이다. 깜짝 놀란 나는 문을 열고 한 번 더 놀랐다. 아이의 앞가슴이 온통 피투성이였다. 놀란 나는 아이의 옷을 벗기고 진정을 시킨 다음 물어보았다.

"어떻게 된 거야? 왜 혼자 집에 온 거야?"

"운동장에서 친구들이랑 노는데 형아들이 와서 빙글빙글을 세게 돌렸어. 그래서 떨어졌어."

운동장의 놀이기구 중 뺑뺑이 지구의가 있었다. 유치부 아이들이야 살살 타고 놀겠지만, 초등생 녀석들이 동생들이 있음에도 불구하고 엄청난 속도로 지구의를 돌려버렸던 것이다. 결국, 우리 아이는 거기서 떨어지고 상처가 나고 코피가 터졌던 것이다.

마음은 너무 아팠지만, 선생님이 옆에 계셨던 것도 아니고 모르서서 아이가 혼자 왔을 텐데 싶어 뭐라고 말도 못 하고 아이의 가방을 찾으러 가서 말씀을 드렸다. 바깥 놀이 때 한 번만 밖에 같이 나가 달라고. 그 이후로도 노는 것이 불안했지만 아이는 조심하고 잘 노는 듯했다. 하지만 또 다른 문제가 생겼다. 하루는 아들이 기분 좋게 집에 들어오는데 손에 장난감이 들려져 있었다.

"어머, 그건 뭘까? 친구가 준 거니?"

하고 묻자 아들은

"문구점에서 가지고 왔어."

그러는 것이었다.

"응? 너 돈도 없는데 어떻게 가지고 왔지? 그건 사야 하는 건데."

아들은 아무 문제 없다는 듯 평온한 표정으로 말했다.

"친구가 하나 가지고 가기에 나도 가지고 왔지. 아저씨가 안 보셨어."

그랬다. 아들은 친구가 들고 나가니 자기도 그냥 하나 들고 나왔을 뿐이라고 하는데 너무 해맑게 웃고 있었다. 엄청난 잘못을 했다는 사실도 모른 채. 나는 당황했지만, 아이를 혼내지 않고 조용히 이야기했다.

"아들, 문구점에 있는 장난감과 물건들은 모두 돈을 주고 사야 하는 것들이야. 주인아저씨가 보고 있다고 돈을 주고 안 보고 있다고 그냥 가지고 나오는 것은 안 되는 거야. 누구든지 가지고 싶은 것이 있다면 돈을 가지고 가서 사야 하는 거지. 그러니 엄마랑 가서 아저씨께 말씀드리고 돈을 드리고 오자. 그리고 잘못했다고 말하고 오자."

아들과 손을 잡고 문구점에 가서 너무 죄송하다고 아이 보는 앞에서 사과했다. 계산했다. 마음이 편안해졌다. 그때 아저씨가 말씀하셨다.

"같이 가지고 가는 것 봤어요. 근데 같이 왔던 아이는 엄마가 다방을 해서 아이를 돌보지를 못해. 그래서 한 번씩 가져가기도 하는데 엄마가 한 번씩 와서 계산하기도 하지. 그래서 그냥 두고 봤지."

그 말씀에 나는 너무 당황스러웠다.

아이들이 잘못하는 행동은 어른인 우리가 그리고 부모가 바로잡아주고 고쳐 주어야 하는데 지켜보는 아저씨도 나쁘고 그것을 뒤에서 수습만 해 주는 그 아이의 엄마는 어떤 사람일까 걱정이 되기 시작했다.

집에 돌아와서 고민했다. 나이가 되었다고 그 나이 또래가 있는 곳에만 보내주는 게 부모의 역할이 아니구나. 대구로 가야겠어. 아들이 다니던 곳에 원장님께 말씀드려 일주일에 2~3번이라도 수업을 받아야겠어. 나는 다니던 병설 유치원을 그만두고 대구로 아이를 태우고 운전해서 주 2회 수업을 다니기 시작했다. 중앙 분리대도 없었던 88고속도로를 두 아들을 태우고 대구까지 일주일에 두 번씩 데리고 다녔다.

남들이 일주일 배우는 것을 2일 동안 아들은 몰아서 수업했고 나는 아들을 기다리며 선생님들의 작업물 만들기도 함께 도와드리며 수업이 끝날 때까지 둘째와 함께 교육원에서 살다시피 했다. 그렇게 비가 와도 바람이 불어도 1년 6개월을 다니다 보니 원장님께서 부르셨다.

"준수 엄마, 정말 대단하세요. 우리 교육원에 와주는 것은 엄청 고마운데 그 정도 열정이면 아예 교육원을 하나 차려 보세요. 그게 아이들에게 더 좋을 것 같아요. 둘째도 영재교육 해야 하잖아요."

그렇게 내가 가야 할 길을, 방향을 넌지시 제시해 주셨다. 사람들은 누구나 하고 싶고 바라는 것들을 가슴속에 간직하고 산다. 늘 '내가 과연 할 수 있을까?'라는 막연한 불안감 때문에 가끔은 꿈이 있어도 바람이 있어도 없는 듯 묻어두고 살기도 한다. 그때 누군가 와서 툭 한마디 던진다.

"너 이거 아주 많이 잘하네. 소질 있어. 누구보다 네가 제일 잘하는 것 같아."

그 말 한마디에 없던 용기가 생겨난다. '할 수 있을까?'에서 할 수 있을 것 같아로 마음이 바뀐다. 진심 어린 용기 있는 칭찬은 그 사람의 인생을 바꿔 주기에 충분하다.

우리 자녀들에게도 이러한 말들을 우리 부모가 먼저 해 주어야 하지 않을까? 칭찬과 격려는 고래도 춤추게 하지만 자신감과 자존감도 쑤욱 키워 주는 것이라 본다.

전업주부 포기 선언

"나 영재 교육원 하나 차릴래. 원장님께서 나 정도 열정이면 할 수 있겠대. 그리고 준수 교육하는 것 보니깐 나 충분히 잘할 수 있을 것 같아. 나 좀 일하게 도와줘. 어차피 둘째도 이제 어딜 보내야 하는데 나 시골에 있는 어린이집, 유치원 보내고 싶지 않아. 내가 차려서 우리 두 아들 돌보고 가르칠 거야. 도와달라고 안 할게. 허락만 해 줘."

나의 바람은 매우 간절했다. 아니, 이제는 절박하기까지 했다. 벌써 오래전부터 하고 싶었던 일이었지만 시작 시점을 정하기가 어려웠을 뿐이었다. 하지만 이제는 더 이상 미뤄서는 안 된다 생각했다. 내 아이들이 적기에 제공받아야 할 교육을 내가 더 늦어지면 해줄 수도 없겠다는 생각에 남편의 허락을 얻기 위해 조르기 시작했다.

결혼하고 7년을 남편이 하자는 대로만 했던 아내가 무언가 하나의 목표가 정해지자 밤낮으로 조르고 있으니 남편도 답답했던 모양이다. 허락하자니 이 여자가 도대체 무엇을 하려 하는지 겁도 났을 것이고 또 시골에서 이러한 교육원이 될 가능성도 적고 제일 큰 문제는 우리에겐 돈도 없었다.

그러니 남편은 반대할 궁리만 찾았다. 그럼 본사와 잘 상담하고 이곳에서 가능한 교육 사업인지 확신이 들면 예산액이 얼마인지 정확히 알아와서 다시 이야기하자고 나에게 시간을 끌게 했다.

하지만 시장 조사를 하고 본사 면담을 하고 보니 여기서는 교육 사업을 하기에 시장이 너무 작고 마땅한 자리도 찾기가 어려웠다. 그래서 대도시는 아니더라도 조금 더 인구수가 많은 시 단위로 위치를 잡다 보니 경북이나 경남으로 방향을 잡았다.

안 그래도 반대할 이유가 필요했는데 더욱더 안 되는 일이었다. 남편은 혼자 생활할 이유도 없고 생면부지 낯선 땅에 전업주부였던 나를 보내고 싶지도 않았던 것이다. 말도 못 하게 반대를 하기 시작했다. 가족들도 반대했다.

네가 뭘 한다고. 살림만 살다가 안 된다.

적게 벌고 적게 써라.

자식 잘 키우는 게 남는 거다.

너만 생각하고 남편은 생각 안 하나?

자기 욕심만 차리네.

나는 교육이 하고 싶었다. 내 자식들에게 혜택을 줄 수 있는 반듯한 교육이 너무 하고 싶었다. 누구의 손에 아이들을 맡기는 것보다는 내 손으로 끝까지 키워 보고 싶다는 간절함만 있었다. 이 일을 해서 수익이 얼마만큼 될지 얼마만큼 힘이 들지는 전혀 생각조차 안 해봤다.

그냥 해야겠다는 생각이 드니 안 된다는 생각은 1%도 가지지 않았다. 그렇게 나의 고집은 점점 커졌고 남편과의 관계는 점점 힘들어졌다. 내 인생 최고의 힘든 시기는 그 시절이었던 것 같다. 사람의 마음과 머릿속에 간절한 무언가가 꽂혀 있으면 주변의 다른 이야기가 들어오지 않는다. 즉, 조금은 미쳐 있었던가 보다. 난 잘할 수 있는데 아무도 날 믿어주지 않는 것이 야속했다. 아무도 내 편이 없음이 섭섭했다.

외롭고 힘들었던 시간이었다. 그렇게 나는 조금씩 시들어서 몸은 점점 아파갔다. 시름시름 몸도 마음도 아프다 보니 우리는 다툼이 잦았다. 결국, 다툼이 생기면 본질은 어디론가 가 버리고 감정만 남아서 싸우게 된다. 서로의 가슴에 아주 못을 박는 소리를 한다.

하루는 제대로 싸워 보고 싶은데 아이들이 걸렸다. 되도록 아이들 앞에서는 싸우는 모습을 보여 주지 않으려 최대한 노력했는데 오늘은 도저히 넘어갈 수가 없겠다 싶었다. 친정에도 부모님께서 속상해하실까 봐 아이들도 못 맡기고 겨우 생각해 낸 곳이 마산에 있는 친구가 생각이 났다. 부부간에 다 아는 친구이고 그 친구에게는 힘든 이야기 다 할 수 있었던 사이라 전화를 걸었다.

"미안하지만 오늘 저녁에 마산 갈게. 그리고 두 시간만 아이들 좀 봐줘. 오늘 남편이랑 좀 싸워야겠어. 두 시간 뒤에는 꼭 돌아와서 아이들 챙길게."

그렇게 마산까지 3시간 운전해와서 2시간을 나가서 싸우고 다시 3시간을 운전해서 집으로 돌아왔다.

그렇게 전쟁을 치르며 서로가 아플 때까지 상처를 주고받으며 살았다. 그때 깨달았던 것은 세상에 넘기 가장 힘든 벽이 배우자의 벽이로구나. 이렇게 서로에게 힘을 주기보다 에너지를 뺏고 아픔을 주는 배우자라면 그만 살아야겠구나. 그럼 아이들은 누가 키우지? 나는 경제력도 없는데 아이들 뺏기면 내 인생은 뭐가 남지? 생각이 그렇게 끝을 향해 달리자 인생이 허무해지면서 눈물만 났다. 내가 이런 대접을 받으려 그렇게 결혼 생활을 시작했을까? 내려놓으려니 두 아이가 눈에 밟혀서 어느 것도 내려놓을 수가 없음을 깨달았다.

현실이 답답해서 점점 힘들어졌다. 살아 있음이 더 이상 즐겁지가 않았다. 사람들은 무언가 하려고 할 때 두 부류가 있다. 무관심하거나 반대하거나. 적극적으로 격려하고 등 떠밀어주는 사람이 의외로 많지 않다. 늘 불안함과 걱정을 더 해서 말해 준다. 네가 되겠어? 힘들 텐데. 안 겪어봐서 네가 겁이 없네.

그런데 희한한 것은 이렇게 기운 빼는 말을 들으면서도 한 번 마음속에 심어진 뿌리 깊은 꿈은 잘 빠지질 않는다. 아니, 반대가 심하면 심할수록 나의 의지는 더 강해진다는 것을 배웠다.

거기다가 몹쓸 자존심과 오기로 더 강력해지는 꿈을 만들 수 있다. 가끔은 분노도 꿈을 이루는데 한몫하기도 한다. 나는 이 모든 것을 가족을 통해서 부딪치며 배우고 느끼고 터득했다. 아픈 만큼 배우게 된다.

그렇게 2년이란 시간을 내가 하고자 하는 일을 얻어내기 위해 아파하며 싸우고 상처 주고받으며 살다 보니 놀랍게도 하루는 남편이 정색하며 말한다.

"그렇게 하고 싶으면 이 집 팔아서 시작해. 내 마음 변하기 전에."

두드리면 열리는 것인가? 아니면 저 사람이 나를 포기했나? 에라, 모르겠다. 남편의 마음이 변하기 전에 빨리 정리하고 움직이자. 다음 날, 바로 부동산에 집을 내놓고 일주일 만에 집을 팔았다. 막상 허락을 받고 진행이 되니 두려웠다.

겁이 났다. 하지만 물러설 곳이 없었다.

그렇게 나는 창원으로 오게 되었다.

내 삶의 2막을 겁 없이 시작하게 되었다.

내 어린 두 아들과 함께……:

제2장
선택한 길 위에서 처참히 무너져보기

넘어지기 전에는 하늘을 볼 시간이 없었다.

넘어지고 나니 밤하늘의 별이 보였다.

처음으로 아름답다고 생각했다.

우리는 고통 속에서 희망을 본다.

그 희망은 참 아름답다.

드디어 일어서고 싶어졌다.

그 희망은 간절했다.

무식하면 용감하다!
제대로 이해하기

생면부지, 낯선 환경, 혼자라는 외로움, 두려움, 미래에 대한 공포심. 이런 것들을 깊이 생각할 마음의 여유가 없었다.

간절히 원했던 일을 이제 현실에서 만들어 가야만 한다는 생각에 모든 것은 처음이었지만 두려움을 피력하기엔 이미 모든 것은 돌이킬 수가 없었다. 내 간절한 바람은 현실이 되어 가고 있었다.

경남 창원이라는 곳은 내가 태어나서 처음 밟아보는 땅이었다. 대구 토박이였던 나는 고작 서울에서 2년 생활해 본 것이 타지에서의 생활은 전부였고 그 생활조차도 너무 외롭고 힘이 들어서 1년 6개월 만에 정리하고 내려온 과거 경력이 있었다. 낯선 창원에서 나를 아는 사람은 당연히 한 사람도 없었다. 물론 내가 아는 사람도 없었다. 그때 생각했다. 어차피 새롭게 시작하는 인생인데 혹시 아는 인맥이 있다면 나 스스로 의지하고 도움을 청할지도 모르니 차라리 생면부지 낯선 곳에서 홀로 서 보는 것이 좋을지도 모르겠다고……:

내 아이를 지도하고 방향을 잡아나가며 어깨너머로 스스로 터득한 영재교육에 대해 본사 교육이 시작되었다. 나와 함께 교육받는 원장님은 아이가 어렸음에도 불구하고 친정의 지지와 도움을 많이 받고 있었다. 늘 가벼운 마음과 몸으로 와서 교육에 집중하는 모습이었던 것에 비하면 나는 늘 두 아들을 데리고 교육에 참석할 수밖에 없었다. 누구 손에도 아이를 맡기지 않고 내 힘으로 아이들을 키우며 일하겠다고 당당히 선포했기에 도와 달라고 요청할 수도 없었고 그러고 싶지도 않았다.

세상에 태어나서 엄마와 떨어져 본 적이 없는 아이들의 정서를 생각하면 나 자신도 함께 있고 싶었다. 다행히 두 형제는 참으로 온순하고 착하기만 해서 엄마가 교육받는 동안 차분하게 기다려 주고 힘들다고 투정 부리지 않았다. 그때 아이들 나이가 7살, 4살이었다.

두 아들을 키우면 다툼도 많고 싸우기도 한다는데 아이들은 한 번도 싸움하지 않았다. 점심도 원장님들과 함께 앉아서 조용하게 식사해 주고 또 기다려 주고……. 지금 생각해 보면 엄마의 노력 뒤에 아이들의 도움이 분명 컸었다는 것을 부인할 수가 없다.

한 달의 본사 교육이 진행되는 동안 첫 교육원 오픈을 위한 장소선정과 실내 인테리어 작업, 교사 모집과 광고라는 진행해야 할 일들이 순서대로 기다리고 있었다.

장소는 지역의 특성을 전혀 알지 못했기에 어떤 곳에 어떤 위치에 내가 가야 할지도 몰랐다. 정보지를 둘러 봐도 알 수가 없었고 부동산만 믿고 따라가기에도 걱정이 되었다.

그때 감사하게도 나에게 도움을 주었던 의인이 한 명 나타났다. 다름 아닌 남편의 친구이자 아가씨 때부터 함께 알고 지냈던 친구가 휴가를 내서 함께 답사를 다녀주고 현장을 알아봐 주겠다고 했다. 지금도 그 친구에겐 고마움의 빛을 지고 있다. 남편보다 더 감사한 친구였다.

본사 교육받으랴 장소 알아보러 다니랴 강행군의 나날 속에서도 내가 이뤄야 할 분명한 꿈이 있었기에 입 밖으로 힘들다는 말을 할 수가 없었다. 혹시라도 힘들다는 내색을 하면 그만두라는 말을 할까 봐 꾹꾹 참으며 하나하나 그렇게 일을 진행해 나갔다.

대학을 졸업하고 첫 사회생활로 직장 생활만 잠시 했던 나로서는 일에 대한 책임감을 느끼고 추진력 있게 결정하고 진행해 본 경험이 단 한 번도 없었다. 그래서 내가 했던, 무식이 용감했던 첫 번째 일은 100평이란 공간을 인테리어 사장님께 맡겨두고 완성이 될 때까지 한 번 가 보지도 않았다는 것이다. 당연히 알아서 해 주시겠지, 도면만 있으면 내 머릿속의 그림이랑 똑같이 공간구성이 되리라는 착각으로 사람을 지나치게 믿고 맡겨버린 것이다.

지금 생각하면 정말 어리석은 행동이었다. 그 공간에서 지내는 동안 뼈저리게 느끼고 반성했던 부분이다. 내 공간이 없으니 교사 모집도 정보지를 통해 올리고 백화점 커피숍에 앉아서 교사 면접을 보았다. 내가 누구를 가르쳐 본 경험도 없고 어떻게 면접을 보는지도 모르는 상태에서 모든 선생님이 다들 너무 똑똑하고 나보다 뛰어나 보였다. 겁 없이 선생님을 두 명이나 뽑았다.

나와 생사고락을 함께할 두 명의 선생님을 가장 공주 같은 분으로 두 사람을 뽑고 보니 내가 해야 할 업무가 무지하게 늘어나게 되었음을 일하면서 느끼게 되었다.

하지만 황무지 같은 직장과 나를 믿고 함께 해준 두 선생님께 참 고맙고 잘해 드리고 싶었다. 가장 인간적인 원장이 되고 싶었고 그 마음을 꼭 알아줄 거로 생각했기 때문에 나는 카리스마는 고작 하고 정말 선생님들을 모시는 낮은 자세의 원장으로 시작했다. 왜냐하면, 원 경영의 경험도 없거니와 나 또한 초보 원장이었으니깐 이런 나를 믿고 함께 해 주는 것만으로도 감사하다고 생각했기 때문이다.

인테리어도 끝이 나고 본사 교육도 마무리가 되고 교사도 뽑았으니 모든 것은 이제 시작만 하면 시스템이 운영될 거로 생각했다. 영재 교육원 센터 문만 열면 광고를 보고 사람들이 줄을 서서 들어올 것이라는 말도 안 되는 상상을 했던 것이 나의 또 다른 용감한 상상이었다. 왜냐하면, 내가 알고 있던 지역의 영재 교육원 원장님들도 별다른 광고 없이 시작하고 또 지금까지 성과를 이루신 거로 이야기를 들었기에 교육에 대한 메리트만 있으면 충분히 공감해 주시는 분들이 분명 있을 거라고 믿었던 것이다. 현실을 모르고 했던 나의 상상이었다.

그러고 보니 생각난다. 인테리어가 끝나고 오픈 전에 각 지역의 영재 교육원을 운영하시는 원장님들께서 미리 축하를 해 주러 창원으로 모두 내려오셨다. 반갑게 인사 나누고 식사를 하고 나의 원을 꼼꼼히 둘러보시고 차 한 잔을 나누며 이런 이야기를 하셨다.

"준수 엄마, 아니 창원 원장님, 좀 더 일찍 와서 이야기를 나눌걸. 우리가 너무 늦게 와서 미안해. 그런데 교육원 운영하는 것 다시 한번 생각해 보면 어떨까? 생각만큼 그렇게 쉽지가 않아서 하는 말이야. 두 아들 데리고 정말 힘들 수도 있는데……."

그 말을 듣는 순간 머릿속이 하얘지며 마음속 깊이 배신감이 들었다. 그렇다면 내가 이렇게 일을 다 키우기 전에 이야기해 주시지 준비가 다 된 상태에서 이렇게 이야기하는 것은 무슨 이유일까 싶었다.

"원장님, 그런 말씀 같으셨으면 진작 이야기해 주시지 그러셨어요. 저는 이제 물러설 수 없어요. 남편과 그렇게 싸워서 얻어낸 일이고 이렇게 장소까지 마무리된 상태에서 없었던 거로 돌아간다는 건 말이 안 돼요. 성공하든 실패하든 어차피 던져진 주사위에요. 저는 그냥 해 보렵니다."

그렇게 내 마음을 흔들어놓고 원장님들은 돌아가셨다. 두려웠다. 나름대로 경력이 5년 이상 10년 가까이 되시는 원장님들께서 용기를 주기는커녕 내 마음을 흔들어 놓고 간 것이 못내 걱정되었지만 나는 물러설 수 없었다.

왜냐하면, 내가 그렇게 당당히 선포한 내 모습을 하루아침에 다시 되돌려 놓기에는 자존심이 허락하지 않았으니깐. 그렇게 두려움을 삼키며 6월부터 준비한 사업을 2003년 9월 1일에 오픈하였다.

과감히……. 그 이후의 일은 하나도 상상하지도 못하면서……. 말 그대로 나는 무식할 정도로 용감했다. 경험하지 않고 모른다는 것이 이렇게 큰일을 만들어 버린 것이다. 누구나 한 번도 경험해보지 않는 것들에 대해서는 막연한 두려움을 넘어서 기대감이 생긴다. 충분히 경험한 일들이라면 그 어려움을 누구보다 잘 알기에 감히 쉽게 도전하지 못하는 것이다.

가끔은 불확실한 미래에 대한 두려움을 이겨내고 용기 있게 도전해 보는 것에서 새로운 인생의 문이 열리고 또한 경험과 선택의 자유가 생겨난다. 지금 15년이란 세월이 지난 지금의 시간에 누군가가 다시 황무지 같은 곳에서 처음 시작하는 교육원을 창업하고 일궈내라고 한다면 나는 절대로 도전하지 않을 것이다.

지금은 누구보다 그 길을 잘 알기 때문에. 두려움이 아닌 어려움을 정확하게 알고 있기 때문에……. 어려움의 크기를 충분히 알고 있는 지금의 나는 같은 일을 반복하지 않을 것이다. 그때는 정말 무지했고 그래서 나는 용감할 수밖에 없었다.

꿈은 나에게 물러서지 말라고 말하네

아침에 눈을 뜨는 것이 두려웠다. 출근해서 선생님들의 아침 인사를 받는 것도 불편했다. 도대체 내가 무슨 짓을 한 것일까? 내 두 아들에게 나는 어떤 엄마일까?

아이들에게 많은 것을 줄 수 있는 엄마가 되기 위해 도전한 내 삶인데 나는 많은 것은 고사하고 아무것도 해 줄 수 없는 엄마가 되어 있었다. 막연하게 두려웠던 것들이 현실에서 나를 비웃듯이 하루하루 내 숨통을 조여왔다.

교육원 센터를 오픈하였으면 당연히 교육의 대상자가 있어야만 한다. 광고와 상담을 통해 교육을 원하는 수요자를 만나야 한다. 광고를 어떻게 어디까지 해야 하는지를 몰랐다. 갑자기 내가 살던 아파트 현관문에 붙어 있던 전단지가 떠올랐다.

본사에서 지정해준 4만 장의 전단지가 도착하자마자 조선, 중앙, 동아일보 3

개 신문사 지국에 전화해서 하루 만에 창원 전역에 뿌렸다. 한꺼번에 몽땅.

내가 있던 곳에서 타깃 지역이 어딘지도 모르고 전역에 광범위하게 광고를 해 버린 것이다. 전단이 창원 전역에 뿌려졌으니 이제는 빗발치는 내방객의 전화가 쇄도하리라 생각했는데 역시 착각이었다. 온종일 전화기에 수십 번도 눈이 갔고 울리지 않는 전화벨 소리에 혹시 고장은 아닌가. 전원선을 확인하기에 이르렀다. 가슴은 오글오글 오그라들었고 자신감 있게 보란 듯이 성공하겠다는 내 모습은 너무나 처절하게 작아지기 시작했다. 드디어 퇴근 시간 해 질 무렵에는 울상이 되어서 사지에 기운이 다 빠진 내 모습에 아이들이 혹여나 눈치 볼까 싶어 아닌 척 원래 씩씩한 엄마인 척 내 마음을 숨겨야만 하는 현실이 반복되고 있었다.

저녁 무렵 아이들과 종일 놀아주지 못한 나는 가장 가까운 공원 놀이터로 향했다. 노을이 참 예쁘게 넘어가는 초가을 날씨는 내 마음과 다르게 너무나 예쁘게 가을이 익어가고 있었다. 엄마의 마음과는 달리 낯선 환경에서 낯선 놀이터에서 두 형제는 모래 장난도 재미있게, 놀이터의 놀이기구들도 재미있게 잘 타고 놀아 주었다. 참 많은 아이가 공원에서 놀고 있었고 엄마들은 그 아이들을 흐뭇하게 지켜보고 있었다.

"저 엄마들은 아이들의 모습이 있는 그대로 사랑스럽게 보이겠지. 마음속에 아무런 걱정도 근심도 없어서 좋겠다."

편안해 보이는 그들의 모습이 마음 가득 부러움으로 차올랐다. 공원 너머의 아파트들이 보였다. 아파트의 불빛들을 바라보면서 '저곳에서 저녁 식사를 준비하는 엄마들은 얼마나 행복할까? 불과 몇 달 전만 해도 나도 저들과 같은 근심이나 걱정 없는 주부였는데……. 아! 나는 이제 물러날 곳도 없는 절벽 끝에 서 있는 엄마가 되었다!'라는 생각에 마음이 저렸다.

'저기 저 아파트의 아이들이 나의 교육관을 믿고 우리 교육원의 교육을 믿고 와 준다면 얼마나 좋을까?

간절한 눈빛으로 저녁노을 속의 아파트 불빛을 하염없이 바라보았다. 불안함이 커질수록 간절한 마음으로 내 마음을 단단하게 묶어둘 무엇이 필요했다. 첫 번째 떠오른 건 신앙이었다. 내가 이렇게 힘든 삶을 선택한 것은 신앙에서 멀어져 있었던 내 모습을 보게 하기 위함이라 느꼈다. 다음 날부터 저녁 시간에 매일 저녁 미사를 드리러 아이들과 함께 성당을 찾았다.

결혼 후 7년 동안 아이들이 어리고 움직이기 힘들다는 핑계로 냉담하고 있었는데. 이제는 내가 지푸라기라도 잡는 심정으로 내 발로 성당을 찾아가서 기도하게 되었다. 아이들이 어려서 유아실에서 매일같이 저녁 미사를 보았다. 작은 유아실에서 아이들은 내 집인 양 편하게 엄마 옆에서 책도 보고 놀이도 하며 기도하는 엄마의 모습을 지켜보았다. 내 마음이 불안하고 힘들고 의지할 데라고는 없었기에 매일 저녁 미사에 참석하던 어느 날, 본당의 신부님이 조용히 부르시더니 레지오에 입단할 것을 권유하셨다. 레지오는 성모님의 군대로 기도단체이다. 혼자만의 신앙생활에서 단체 신앙생활을 권유받게 된 것이다. 신부님의 권유였기에 아이들 때문에 힘들었지만, 승낙하고 레지오 단체의 기도생활을 하였다. 그렇게 신앙생활에서 힘든 마음을 위로받고 불안한 마음들을 내려놓으며 깨달은 것이 하나 있었다.

하느님은 인간들이 가장 나약하고 힘든 순간에 손을 내밀어 주시고 신앙을 가르쳐 주시는구나. 아이들은 기도하는 엄마의 목소리를 들으며 성당 마당을 놀이터 삼아 놀아 주었고 엄마를 지켜주었다.

'그래, 우리 아이들을 위해서라도 절대 무너지지 말자. 다른 지역 원장님들도 힘든 이 시기를 잘 버텨내고 이겨냈기에 지금의 안정된 원 운영을 하실 수가 있는 거야. 첫술에 배부른 것이 어디 있을까? 버텨 보자. 버티다 보면 언젠가는 안정적으로 운영할 수 있을 거야. 아이들을 위해 버텨낼 거야.'

그때의 내 기도 지향은 버틸 힘을 달라는 것이었다. 내가 쓰러지지 않게 무너지지 않게 해 달라는 것. 하느님께서는 각자가 이겨낼 수 있는 만큼의 고통을 허락하신다고 한다. 나에게 주어진 고통도 분명 내가 이겨낼 수 있는 크기일 거라고 나는 나를 위로했다.

가톨릭 고등학교를 졸업한 나는 나의 의지대로 고2 때 세례를 받았다. 신앙이 무엇인지 확실하게 알지도 못하면서 하얀 미사포를 쓴 미사 드리는 여자 선생님들의 모습에 반해서 세례를 받았다. 그렇게 신앙을 가진 후 세상속의 즐거움에 묻혀 살다가 신앙을 잠시 잊고 살았다.

내가 선택한 이 길 위에서 내가 만난 고통의 크기가 나를 두렵게 누르자 그때가 정신이 번뜩 들어서 내 발로 다시 찾은 신앙생활이었다. 나에게 이 신앙의 힘이라도 없었다면 이 힘든 시간을 어떻게 이겨냈을까 싶다. 그렇게 고통속에서 나는 단단해져 갈 준비가 되어가고 있었다.

기도와 함께 나를 일으켜 세운 것은 주문처럼 외우고 다녔던 하나의 문장이 있다. 에밀 쿠에의 자기 암시에서 나왔던 문장을 잠들기 전 수도 없이 외웠다. 하도 많이 외우니깐 첫아이가 영어로 된 문장을 달달 외울 지경이 되었다.

"Day by day, in every way I'm getting better and better."

"나는 날마다 모든 면에서 점점 더 좋아지고 있다."

지금도 나는 세상에서 이 주문을 가장 좋아한다. 습관처럼 내 삶이 힘들어질 때면 외우는 주문이 되었다. 신앙과 나에게 힘을 주었던 짧은 문장의 PEP-TALK은 나를 버티게 해 준 힘이었다.

힘든 것은 현실, 인정하자

채워지지 않는 빈 항아리를 보면서 매일같이 한숨만을 쉴 수는 없었다. 나는 분명 주문을 외우며 간절히 원했다. 어제보다 나아지고 있다고……. 선생님들과 같은 교사로서가 아니라 나는 교육원의 원장이며 경영자였다. 원생이 없더라도 그날 해야 할 일들을 우리는 열심히 해야 할 의무가 있다.

왜냐하면, 원생이 없다고 월급을 안 줄 수는 없으니깐……. 뭐라도 일할 것들을 만들어서 우리는 끊임없이 움직이기 시작했다.

"선생님, 원생이 올 때까지 기다리기만 해서는 안 되겠죠. 나는 최선을 다해서 광고와 홍보에 주력할 테니 그동안 선생님들은 지도안과 교안, 교재 만들기를 더 열심히 준비해 봐요. 같이 힘 모아서 하나하나 이루어봐요. 선생님들도 힘내세요. 화이팅!"

그렇게 선생님들께 그 날 해야 할 일들을 만들어 주고 나는 최대한 광고에 집중하였다. 현수막, 전단제작, 영재 교육에 대한 특강, 무료 지능 검사 홍보 등 해 볼 수 있는 모든 것들에 도전해 보았다. 금방 눈에 보이는 성과가 올라오는 건 아니었지만 무엇이라도 열심히 하는 내 모습을 보며 위로를 받고 힘을 얻었다.

그때 깨달은 것 하나…….성장을 위한 기다림의 시간은 자신에 대한 믿음이다. 내가 나를 믿지 못하면 누가 나를 믿을까? 나는 보이지 않는 결과였지만 내 노력을 믿었고 나를 믿었다. 반드시 지금보다 좋아지는 내 모습을 만날 것이라 매일같이 최면을 걸고 있었으니깐.

드디어 내방객들이 찾아오기 시작했다. 무료 검사를 신청하고 대상자에 선정되신 분들을 대상으로 영재 판별 검사를 무료로 진행해 드렸다. 당장 버티기에 필요한 것은 돈이었지만 돈을 위해 일하지 않기로 하였다. 돈을 생각하지 않고 아이만을 생각하고 검사를 진행했다. 한 시간가량 소요되는 영재 판별 검사를 매일 2~3명에게 진행해 주고 결과를 부모님들과 상담하고 브리핑해드리기 시작했다. 부족했지만 최선을 다했다.

비싼 검사 비용이었음에도 그 가치를 못 알아봐 주시는 부모님들이 간혹 계셨지만, 이 또한 내가 더 잘할 수 있는 연습의 기회라고 긍정적으로 생각하기로 마음먹었다. 텅 빈 교육원에 누군가가 찾아와주는 것만으로도 너무나 감사하다고 생각했다. 내가 완성될 때까지 끊임없는 단련의 시간이라고 마음을 바로잡았다. 사실 나의 부족함을 내가 스스로 깨우치는 데는 그리 오랜 시간이 걸리지 않았다. 지금은 누구를 만나 상담을 하더라도 대화에 집중하며 학부모님들의 생각을 읽어나가는 데 아무 문제가 없다. 하지만 그때는 그분들의 생각과 목소리는 들리지 않았다.

우리가 처음 영어 회화를 배우면 내가 하고 싶은 말만 만들어서 하게 되고 상대방이 말하는 것은 한마디도 귀에 들어오지 않는 것처럼 내가 그런 모습이었다.

어떡해서든지 하나라도 유치부 두뇌 교육의 첫걸음의 중요성을 학부모님들께 전해 드리고 싶어서 영재 교육 기본 이론서를 A4지 2장 분량으로 압축 정리하고 그 두 장을 통째로 외워버렸다.

내가 하고 싶은 말만 하기로 작정을 한 것이다. 내 머릿속에서 지워지기 전에 이 내용을 전달하는 것에만 모든 신경을 썼던 지금 생각하면 참 어이가 없었다는 생각이 든다.

무료 검사에 교육상담을 하며 나의 교육관에 부모님들이 신뢰하고 관심을 가지고 그 자녀들이 교육생으로 등록되길 간절히 바랐지만 쉽게 이루어지지 않는 현실 앞에서 매일같이 무너지는 나를 만났다. 어떨 때는 밤마다 아이들이 잠들고 나면 혼자 나와서 소리 없이 울 때가 많았다.

내가 내 무덤을 팠구나. 나 어떻게 버티지? 내 능력이 이것밖에 안 되는 건가? 나에게 부족한 것이 무엇일까? 무엇부터 채워 나가야 더 당당하게 알릴 수 있을까?

끊임없이 나에게 질문하고 내 안에서 답을 찾으려 노력했다.

하루는 학부모님들과 상담이 길어졌다. 내 두 아들은 교육원 안에서의 생활에 익숙해져 있었고 상담 중에는 엄마 옆에서 귀찮게 하면 안 되는 것을 알았다. 둘째가 4살 때였다. 내가 영재 교육이 좋아서, 우리 두 아들을 잘 키우기 위해서 시작한 일이었기에 나는 두 아들을 다른 교육기관에 보낼 수가 없었다. 일차적인 교육의 수혜자는 내 아이들이 되어야 한다고 생각했기 때문이다.

한참을 상담하고, 상담을 마친 부모님들 배웅하고 상담 테이블로 돌아와 보니 4살 된 나의 아들은 책상 아래에서 잠이 들어 있었다. 고양이 자세로 웅크린

채로…….

그때 느꼈다. 일하는 엄마의 마음이 이렇게 아프다는 것을……. 내 아이에게 더 좋은 교육적인 혜택을 주겠다고 이상적인 목표를 만들어 놓고는 점점 아이들을 힘들게 하는 엄마가 되어가는 건 아닌지 미안하고 또 미안했다.

잠든 아이를 안아주며 마음이 짠해지는 나는 좋은 엄마가 아니라고 생각했다. 나는 좋은 엄마가 되고 싶었는데 좋은 엄마에서 점점 더 멀어지고 있는 듯해서 더 마음이 아팠다.

내가 이루려는 목표만을 바라보다 보니 내 아이들이 눈에 안 들어오는 건 아닌가 스스로 반성했다. 그때부터 나는 6시까지는 철저하게 일하는 원장의 모습으로 살았다. 6시 이후부터는 철저하게 두 아이의 엄마로만 살겠다고 다짐을 하고 노력했다.

우리 아이들에게 엄마의 빈자리로 인해서 가슴 아프거나 외롭거나 슬프게 하지 않겠다고 다짐했다. 아무리 하루가 고단하고 피곤해도 하루 세끼 아이들의 식사와 간식을 손수 준비했다.

아이들의 저녁 시간은 평소 집에서 생활할 때처럼 편안하게 가장 엄마다운 모습으로 있어 주고자 노력했다. 잠들기 전의 동화책 읽기는 아이들과 함께하는 소중한 시간이 되었다.

적기 교육의 중요성을 알았기에 책과 관련된 활동과 엄마의 노력을 게을리 할 수가 없었다. 선생님들 월급 주기도 너무도 힘겨웠고 교육원의 운영도 남편의 월급으로 하는 그 시점에서도 아이들의 책은 욕심을 냈었고 엄마인 내가 유일하게 포기하지 못하는 부분이었던 것 같다. 그때 내가 간절히 소망했던 말도 안 되는 것이 하나 있다. 그것은 아바타가 둘만 있었으면 좋겠다는 거였다. 한참 후에 영화로 만들어진 아바타를 만나긴 했었지만 하나의 아바타는 열심히 아이들을 챙기고 하나의 아바타는 열심히 밖의 일들을 처리하고 진짜 내 모습은 원내에서 상담과 관리를 열심히 하는 그런 모습을 꿈꾸어 보았다.

그렇게 나의 하루 24시간은 잠자는 5시간 정도의 시간을 제외하고는 너무나 바쁘고 빠듯하게 돌아갔다. 나에게만 48시간이 주어지면 얼마나 좋을까 생각할 정도로 그 시절 나의 하루 해는 너무나 짧았다.

일을 선택할 때까지 남편의 반대가 심했지만 일을 시작한 이후에는 어쩔 수 없이 나를 도와주는 버팀목이 되어야만 했다. 내가 넉넉하지 않은 재정 상태에서 어렵게 처음 몇 달을 버텨 나갈 수 있었던 것은 꾸준하게 직장 생활을 했던 남편의 월급이 있었기 때문이었고 남편의 월급은 고스란히 내 교육원의 선생님들 월급이 되고 내 생활비가 되었다. 지금 생각해 보면 너무도 감사하고 미안한 일이었다.

그렇게 우리는 주말 부부로 각자의 일터에서 열심히 살아야만 했고 아빠의 빈자리는 엄마인 내가 고스란히 채워줄 수밖에 없었다. 혹시나 아빠의 빈자리가 아이들에게 정서적 상처가 되지는 않을까 노심초사 걱정이 되었지만, 주말마다 어김없이 아이들 곁으로 달려와서 아이들을 위해 더 많이 노력하는 아빠의 모습이 있었기에 고맙게도 아이들은 안정된 정서로 잘 성장할 수 있었다.

요즘은 더 많은 맞벌이 가정들이 존재한다. 때로는 부모님들이 각자의 일들이 바쁘고 또한 일에 지쳐서 아이들의 생활과 아이들의 목소리에 귀를 기울여주기 힘든 분들을 많이 만나게 된다. 아이들의 마음은 들여다 봐주고 어루만져주고 이해해줄 때 정서가 안정된다. 아이들의 마음은 고요한 바다라고 할 수 있다. 태풍이 치는 바다는 흔들리는 아이들의 정서와 같다. 아이들의 마음이 태풍 치는 바다가 되지 않도록 바쁘게 살아가는 우리들이 한 번 더 들여다 봐주어야만 한다.

참으로 많이 힘든 시간이었지만 나는 아이들의 바다가 고요하게 유지되도록 엄마의 자리를 비우지 않으려 노력했다. 남편도 최선을 다한 시간이었다. 힘들었지만 그 노력의 시간이 참 고마운 것은 부모인 우리가 함께 노력했기 때문이 아닐까 생각해 본다.

가장 가난했지만 가장 부자의 마음으로 사랑했던 순간들이었다.

그때의 사랑이 지금의 우리 가족의 내면에 끈끈한 사랑의 울타리가 되어주었다. 그 시절 잘 버티고 이겨냈음에 스스로 늘 감사하고 대견하게 생각하는 지금이다.

아이들에게 가장 미안한 엄마

고슴도치도 제 새끼는 예쁘다. 나도 그랬다. 아이들을 이토록 좋아하게 된 것은 내가 엄마가 되고 내 아이들이 태어나고부터이다. 하느님께서 주신 선물 중 가장 크고 값진 것은 우리에게는 자녀들이 아닐까 생각한다.

세상의 모든 부모는 생각한다. 이렇게 귀하고 소중한 내 아이에게는 어떤 그늘도 어떤 그림자도 만들어 주지 않을 거라고 말이다. 그리고 세상에서 가장 좋은 것만을 주겠다고 다짐한다. 나도 그랬다. 나를 믿고 이 세상에 와 준 우리 아이들에게 좋고 또 좋은 것만을 주겠다고 스스로 약속을 했었다. 최소한 그늘은 만들어주지 말아야지 다짐했다.

그런데 아이들에게 좋은 영향력이 있는 엄마가 되기 위해 영재 교육원을 오픈하고 부딪쳤던 현실은 좋은 것과는 거리가 먼 엄마가 되기에 충분했다.

아침부터 저녁까지 선생님들과 작업물을 만드느라 함께 눈 맞추며 놀아 주지 못하는 엄마.

　서울, 대전, 대구, 부산 전국으로 필요한 교육을 다니는 엄마 때문에 휴게소 밥에 익숙하게 한 엄마.

　아프고 열이 나면 안절부절 옆에서 24시간 돌봐 주어야만 하는데도 짬짬이 혼자 두고 일하는 엄마.

　돈이 없어 싱싱한 제철 과일을 넉넉히 사 먹일 수도 없는 엄마.

　이것들만으로도 좋은 엄마 되기는 힘든 상황이었지만 그중 최악의 조건은 밝고 건강한 눈빛으로 아이들을 대하지 못했다는 것이다. 늘 걱정되고 불안하고 초조한 내 마음이 표정에서 분명 배여 나와서 아이들 정서에도 영향을 주었을 것이 분명하다.

　하루는 저녁에 아이들이 자겠거니 생각하고 혼자 불도 못 켜고 밖에 우두커니 앉아서 내일을 걱정하고 앉아 있다가 남편과 전화 통화를 하다가 목소리가 높아졌다. 어둠을 뚫고 나오는 날카로워진 목소리에 나도 깜짝 놀랐는데 그 소리를 듣고 큰 아이가 깼나 보다. 인기척에 가만히 방문 앞으로 가 보니 아들이 서 있었다. 눈물이 가득 고여 금방이라도 그렁그렁 눈물이 떨어질 듯한 얼굴로 서 있었다. 나는 순간 놀라고 당황해서 아이에게 다가가며 물었다.

　"왜? 울었어?" 아들은 고개를 들어 천정을 올려다보며 말했다.

　"엄마, 내가 하품했나 봐. 그래서 눈물이 났어."

　가슴이 먹먹했다. 누가 봐도 슬픔에 울고 있는 모습이었는데 엄마에게 하품했다고 거짓말을 하는 것이다. 엄마 마음 아플까 봐…….

　나는 그 이후로 큰아들의 우는 모습을 본 적이 없다. 슬픈 영화를 볼 때도, 아플 때도, 다쳤을 때도. 병원 가서 엄살을 부린 적은 있어도 운 적은 없다. 어떨 땐 영화 볼 때 감정이 울컥해서 나 혼자 울기 민망할 때 물어본다.

"너는 안 슬프니? 울고 싶지 않아?"

그러면 아들이 대답한다.

"엄마, 나는 마음으로 다 울었어. 눈물만 안 흘린 것뿐이지. 충분히 슬퍼하고 울었어. 가슴으로……."

힘들어하는 엄마 앞에서 자신의 힘든 모습을 들키고 싶지 않았던 것이 아이의 마음이었던 것이다. 그때 아들의 나이 7살이었다. 그렇게 일찌감치 철이 든 나의 큰아들은 그 이후로도 자기 일로 나를 힘들게 하거나 걱정스럽게 만들지 않는 아이로 성장했다. 엄마인 나는 너무나 미안했다. 아이에게 힘든 엄마 모습을 있는 그대로 보여주고 저 작은 가슴에 아픈 그림자를 하나 만들어 주었구나 싶어서 많이 미안했다.

좋은 엄마 되기, 좋은 영향력을 주는 엄마가 되는 마음만큼 쉽지 않았다. 살림만 살고 온전한 엄마의 모습으로 살 때의 나는 하루 24시간이 아이들을 위한 시간이었다. 간식도 직접 내 손으로 만들어 먹이고 잘하든 못하든 아이들과 눈높이 맞춰 놀아 주고 항상 든든히 옆에서 지켜주고 고개 들어 쳐다보면 언제나 항상 그 자리에 있는 그런 엄마였는데.

일에 대한 욕심 때문에 잘해 주기는커녕 마음 한구석에 슬픈 그늘이 생긴다고 생각하니 나는 내가 너무나 철없는 엄마, 나쁜 엄마, 고집스러운 엄마인 것 같아서 내가 나를 미워하기에 이르렀다. 아무 일도 하지 않고 아이들에게나 잘해주고 정말 어머님 말씀처럼 자식이나 잘 거두며 살 것을……. 다른 건 다 참을 수 있는데 아이들에게 소홀한 내 모습이 내가 싫었다.

너는 도대체 뭐니? 고작 아이들에게 아픈 기억이나 만들어 주려고 이렇게 고집스럽게 일하겠다고 고집을 부렸던 거니? 세상을 살면서 고통의 순간을 모두 비껴갈 수는 없다. 하지만 나의 선택으로 인해서 내가 가장 사랑하는 누군가가 힘들어하는 것을 지켜보는 것은 더 마음이 아프다. 아이들 앞에서 엄마의 감정을 고스란히 드러내고 힘든 모습 보이는 것은 정말 안 하고 싶고 안 해야만 한다. 나를 믿고 태어나 준 아이들에게 그 아픔을 함께 나누기에는 나는 너무 미안한 엄마이니깐.

아무도 나를 알아주지 않을 때도
나는 나를 알려야만 했다

퇴근한다. 아파트 현관문에 어김없이 전단지가 붙어 있다.

마트 전단지, 학원 전단지, 병원 전단지, 치킨 전단지, 네일 샵 전단지, 신선한 포도즙 공동 구매 전단지까지……. 한 장 한 장 정성껏 전단지를 떼서 집안으로 들고 들어간다. 왜냐하면, 나는 알고 있기 때문이다. 이 한 장의 전단이 얼마의 금액으로 제작이 된 것이며 이 한 장을 붙이기 위해 누군가는 아파트 계단을 타고 내려오면서 정성껏 붙였을 것이라는 것을……. 그들의 노고를 단 한 번이라도 바라봐주고 버려야 한다는 것을…….

영재 교육원을 오픈하고 누군가에게 알려야겠기에 선택의 여지 없이 광고하게 되었다. 신문 삽지 광고, 아파트 부착 광고, 생활 정보지 광고, 현수막 광고까지……. 모든 광고는 돈이었다. 수입이 제로인 상태에서 밑 빠진 독에 물을 붓더라도 광고는 피해갈 수 없는 것이었다. 처음에는 어떻게 해야 하는지 몰라 업체에 맡기며 비용을 지불했다. 오늘 광고를 했다고 내일 당장 전화가 오지 않는 것도 그때 알게 되었다. 한 번 광고에 한 통의 전화도 못 받은 적도 많다. 광고하고 기다리고 기대하고 실망하고 아파하고 슬퍼했다. 그런 일상이 여러 날이 되니 돈이 아깝다는 생각이 들었다.

'매일 저녁 아이들 재워놓고 내가 아파트 한 군데씩 돌며 전단 붙이기를 해야 겠다. 그러면 돈도 아끼고 내 마음이 편할 것 같아.'

어떡해서든 나를 알려야만 하는데 비용은 발생시키지 않는 방법은 내 노동 력밖에는 없었다. 내 힘든 상황을 누군가에게 의지하고 싶지도 않았고 남편에 게 힘들다고 말할 수도 없었다. 그렇게 큰소리치며 일 시작할 때는 언제고 한 달도 못가서 힘들다고 하면 과연 누가 나를 믿어줄까 싶으니 어떻게든 내가 스 스로 해결하고 버텨내야만 했다. 그렇다고 선생님들께 시킬 수는 없었다. 그 들은 그들만의 업무들이 있었기 때문에 내가 경비 지출을 줄이기 위해 내 일을 부탁할 수는 없었다.

아이들을 재우고 늦은 밤 미리 준비해 둔 한 묶음의 전단을 들고 하루에 한 군데씩 아파트를 선택해서 나를 알리는 전단을 붙이기 시작했다. 엘리베이터 를 타는 것도 가슴이 떨렸고 그 어두운 계단을 타고 내려오면서 현관 앞에 붙 이는 것도 가슴이 조마조마했다. 누가 문을 열고 나올까 봐, 누가 그런 걸 왜 붙 이냐고 내게 화를 낼까 봐, 너무나 가슴 졸이며 계단을 조심조심 걸어서 내려 와야만 했다. 그때 들렸던 소리는 집안에서 들리는 아이들의 티 없이 맑은 목 소리들. 그리고 집안에서 배여 나오던 맛있는 음식의 향기들. 지금 내가 누리 지 못하는 두 가지를 귀로 듣고 코로 향기 맡으니 가슴이 저렸다. 눈물이 날 것 같았다. 나는 이 일로써 꼭 성공하고 싶었다. 지금은 너무 아무것도 이룬 것이 없어서 이렇게 힘들고 아프지만, 꼭 성공할 것이라 다짐했다.

산을 오르는 것은 힘들어서 싫어했지만, 산에서 내려오는 것에는 자신이 있 었던 나는 아파트 20층을 타고 내려오는 것이 그리 힘든 일은 아니라고 생각했다. 하지만 힘들었다. 가슴 졸이며 숨죽이며 그렇게 살금살금 타고 내려오며 정성껏 한 장 한 장 전단을 부치며 내려오는 것은 힘든 작업이었다. 간혹 보안이 강화된 아파트는 들어가기도 힘이 들 때가 많았다. 늦은 저녁 시간에 엘리베이터를 타고 올라갈 때 부딪친 취기 가득한 입주민 아저씨는 술기운에 나를 바라보며 중얼거린다.

"젊은 새댁이 참 열심히 사네. 열심히 사세요."

얼굴이 화끈 붉어지며 부끄럽기 시작했다. 내가 왜 저런 술 취한 아저씨에게 저런 소리를 들어야 하지? 당장에라도 돌아가고 싶다고 생각했다. 하지만 오늘 내가 정한 목표가 있기에 나는 돌아갈 수도 없었다. 이를 깨물 수밖에 없는 시간이었다. 나는 그렇게 세상 밖으로 나와 부딪치며 아파하며 단단해져 가기 시작했다. 세상에 아파하지 않고 완성되는 것은 아무것도 없다.

세상 밖으로 나오지 못한다면 지금처럼 단단해져 있는 내 마음은 없을 것이다. 그 시절 그 아픔을 딛고 한걸음이지만 멈추지 않았기에 지금의 내가 있는 것처럼.

눈에 보이지는 않았지만 그렇게 나는 성장하고 있었던 것이다. 그 이후로도 오랫동안 나는 아파하며 성장했다. No pain, No gain. 내 인생 가장 힘든 순간에 진리로 다가온 문구이다. 그 고통의 순간을 인정하고 버티고 이겨냈을 때만 순간순간 행복의 결실을 맛볼 수가 있다.

그래서 가끔은 이런 생각도 한다. 혹시 힘든 상황들이 생겨나면 오늘은 또 얼마나 나를 성장시키기 위해서 이 고통이 주어질까? 나에게 주는 메시지는 무엇일까? 그 메시지를 듣기 위해 잠시 멈추어 서서 나를 들여다본다. 귀를 기울인다. 그리고 온전히 받아들인다. 내 앞에 주어진 고통을……

한겨울,
차 안에서 느낀 깨달음

　고요한 밤. 거룩한 밤. 어둠에 묻힌 밤. 거룩한 성탄절을 맞았다. 낯선 창원 땅에서 두 아들과 함께 맞이하는 가난한 성탄이었다. 힘든 마음을 위로받을 수 있는 유일한 종교 생활 안에서 나는 평화롭지 못했다. 제대 앞에 마련된 예수님의 탄생을 지켜보며 나는 이렇게 원망했다.

　'예수님, 왜 가장 낮은 곳에서 태어나셔서 우리를 가장 낮은 곳을 바라보며 살라고 하십니까? 내가 견딜 수 있는 만큼의 고통을 주신다고 하셨는데 이 겨울, 이 성탄은 너무나 저에는 힘든 시간입니다. 온 세상에 예수님의 탄생에 기뻐하며 모든 사람이 축하하는 지금의 시간이 저에게는 너무도 춥고 배고프고 힘든 시간입니다. 저에게 이 힘든 상황을 거두어 주십시오. 저에게도 평화를 허락해 주십시오.'

　그렇게 제대 앞의 아기 예수님을 바라보며 원망과 구복의 기도를 끊임없이 되뇌었다. 돈이 없는 가난한 엄마의 겨울은 체감 온도가 더 낮았다. 아이들에게도 차가운 겨울이 혹여나 더 차갑기만 할까 걱정되는 그해 겨울.

나는 성탄을 보내고 며칠이 지나서 너무나 큰 깨달음을 얻는 놀라운 경험을 하게 되었다. 내 상황이 변한 것도 아니고, 내 주변 환경이 바뀐 것도 아님에도 불구하고 나는 지옥에서 천국으로 옮겨 타기를 한 듯한 놀라운 경험을 그리고 깨달음을 얻은 것이다. 신앙을 믿지 않는 누군가에게는 말도 안 되는 것일지 모르지만 나는 그때 느꼈다. 신은 인간이 가장 나약한 모습일 때 그 모습을 보여 주시는 거라고……

여느 때처럼 두 아들과 평일 저녁 미사를 보러 갔다.

1월의 바람은 가슴 속까지 스며들 만큼 차갑기만 했다. 유아실에서 미사를 봤다. 특별한 느낌도 없이. 마음의 평화를 위해서……. 그렇게 미사를 마치고 영하의 기온에 얼어붙은 차 안에 타서 시동을 걸었다. 차가운 기운에 히터를 틀고 빠르게 데워지기를 기다리며 차창 밖을 바라보고 있었다. 차가운 차창밖에 너무나 선명하게 둥근 달이 머리 위에 떠 있었고 별처럼 보이는 밝은 빛이 군데군데 점처럼 하늘을 수 놓고 있었다.

날이 차가우면 별이 가까워 보이는 건가? 밤하늘의 별이 참 예쁘다는 생각을 하는 순간 마음속에서 믿기 어려울 만큼의 평화가 다가왔다. 나는 그동안 왜 이렇게 힘들어했지? 내게 부족한 게 무엇이었을까? 나는 양가 부모님들도 다 살아 계시고 특히 친정아버지는 내게는 큰 힘이 되어주시는 것을……

나는 가끔 다투긴 하지만 그래도 든든한 남편도 있고. 나는 내 눈에 넣어도 아프지 않을 것 같은 내 두 아이도 있고. 나는 내가 그토록 간절히 바랐던 내 일도 찾아서 하고 있고. 나는 내가 열심히 일할 수 있는 건강도 있고……. 그러고 보니 나는 가지지 못한 것이 하나도 없는 사람이었다. 너무나 많은 것들을 가졌음에도 불구하고 그것들에 대해 감사하다는 생각을 하기는커녕 늘 부족한 것들을 생각하며 아파하고 걱정하고 당장 눈앞에 보이지 않는 결과에 대해 힘들어하고 있었다.

그렇게 내 마음에 작은 깨달음 하나가 스쳐 지나가자 그 어떤 것보다 내 마음이 평화롭고 행복감으로 차올랐다. 아이들을 바라보는 내 눈빛의 온도가 달라짐을 느꼈다. 내 목소리의 온기가 달라졌다. 내게만 작은 목소리로 전해 주시는 신의 음성을 들어서인지 나의 가슴은 말할 수 없는 평화로 가득 찼다.

'그래, 이제 더 이상 아파하지 말자. 더 이상 힘들어하지 말자. 지금 잘 버티고 있고 잘 견뎌내고 있어. 지금 부족한 것들은 앞으로 그만큼 더 많이 성장하고 채우라는 의미로 받아들여야겠어. 그리고 이 자리에서 10년만 버텨내자. 한 길 위에서 10년을 걸어 보면 그때는 전문가가 되어 있을 거야. 더도 말고 덜도 말고 10년만 버텨보자.'

그렇게 생각하자 마음이 한결 편안해졌다. 변한 건 아무것도 없는데 내 마음 속 작은 느낌 하나가 나를 이렇게 변화시켜 놓은 것이었다.

사람들이 말한다. 모든 것은 마음먹기 나름이라고. 그때 깨달았다. 내 마음 먹기에 따라 내가 사는 이 시간이 천국이 되기도 하고 지옥이 되기도 한다는 것을…….

그 날 이후로 나는 달라졌다.

내가 느낀 그 따뜻한 평화의 감정을 잊을까 봐 작은 것들에 감사하고 또 감사하며 살려고 노력했다.

그 작은 깨달음, 그 작은 평화, 그 작은 감사, 그 작은 것들이 모여서 하루하루 나를 나아가게 만들었고 나를 성장시켜나가고 나를 버텨나가는 힘이 되어 주었다. 그 작은 것들의 깨달음……. 너무나 감사한 작은 깨달음이 나를 일으켜 세우는 힘이 된 것이다.

가장 낮은 곳에서 가장 낮은 음성으로 가장 뭉클하게 나에게 다가온 한겨울의 선물이었다. 내 삶은 고통이 아니라 모든 것이 감사한 것들로 가득하다는 것을 깨닫게 되었다.

제3장
두려움과 용기는 한 끗 차이

두려움 많은 엄마에서 세상 앞에

당당하게 설 수 있는 엄마가 되기까지…….

오래 걸렸지.

하지만 너무 힘든 현실이었지만

그 아픔 속에서 느낀 깨달음 하나로 나는 달라져 있었지.

그 아픔을 딛고 일어설 용기가 생겨났던 것이야.

진짜 시작은 지금부터라고.

변한 건 내 생각뿐이었는데

철이 없던 시절에는 동화 같은 결말을 좋아한다. 자고 일어나니 신분의 상승과 현실을 엎을 만큼의 반전이 있는 동화들……. 그동안의 고생이 해피엔딩을 위한 디딤돌처럼 모든 것이 확 바뀌는 동화들은 아무것도 할 수 없었던 우리에게 분명 희망이 되었던 것도 사실이었다. 하지만 내가 살아본 현실은 동화의 내용과는 거리가 멀다는 것을 살면 살수록 느끼게 된다. 자고 일어나도 달라지는 건 아무것도 없다. 늘 항상 매일 똑같을 뿐이었고 반전은 그리 쉽게 이루어지지 않았다.

내가 힘들어하고 푸념할 때도 현실의 상황은 늘 나와 함께 했고 어차피 내 몫의 삶이라면 나와 함께 가야만 한다는 것도 서서히 깨달았다. 사람들은 상황이 힘들면 상황이 변화되길 원한다. 그리고 그 상황을 원망하느라 시간을 그리고 에너지를 많이 뺏긴다. 나의 상황도 같았다. 어렵고 힘든 것도 같았다.

어차피 바뀔 상황이 아니라면 정면으로 부딪쳐서 이겨 보자고 다짐했다. 내가 간절히 원했고 내가 그렇게 자신했던 일이었기에 내가 이 일을 두려워하지 말고 즐겨야겠다고 생각했다.

'그래, 걱정한다고 걱정이 해결될 것 같으면 밤새워 걱정하지. 그렇지 않다면 걱정 대신에 노력을 하자. 어제보다는 오늘이 반드시 나아질 거라는 긍정의 메시지를 끊임없이 나에게 주자. 누구보다 너는 잘 할 수 있고 배운 것들을 우리 아이들에게 제일 먼저 줄 수 있는 기쁨을 누려. 지금 이 시간이 지나면 주고 싶어도 주지 못할 거야. 왜냐하면, 내 아이들은 자라고 있고 내가 배우고 익힌 것들을 가르쳐 줄 수 있는 지금이 바로 교육의 적기라고 생각했으니깐.'

그랬다. 나는 어미 새가 먹이를 물어와서 아기 새의 입에 넣어주듯 내 아이들에게 작은 것 하나라도 가르쳐 줄 수 있고 영향을 줄 수 있는 것에 작은 행복들을 하나씩 배워 나갔다. 경제적으로 갑자기 풍요로워진 것은 전혀 없지만 내 마음이 풍요로워짐을 느꼈다. 내 생각만 하나 바뀌었는데 이렇게 평화로워도 되나 싶을 만큼 현실이 견디기 쉬워진 것이다.

선생님들과 해야 할 일들을 체크하고 나누어서 작업물도 더 열심히 만들고 교수법에 관해서 연구도 하였다. 상담하더라도 결과에 미리 걱정하지 말고 내가 더 잘 할 수 있도록 최선을 다해서 연습하자는 생각으로 편안하게 상담을 진행하였다. 부모님들의 생각을 먼저 들어드리기 위해 내 목소리를 한 번 더 삼키고 공감해 드렸다. 나의 목표와 욕심이 있었지만 모든 것은 서로의 생각과 교육관이 맞아야 한다고 생각하고 욕심부리지 말자고 나를 다스렸다. 참 신기하게도 내가 내 목소리를 조금 걷어내고 부모님들의 목소리에 조금 더 귀 기울여 주었을 뿐이었는데 내 욕심을 잠시 내려두고 아이 입장에서 상담하였을 뿐인데 나를 믿고 나의 교육관을 믿고 내 손을 잡아 주시는 분들이 한 분, 두 분

늘어가기 시작했다.

"원장님과 상담하니 참 마음이 편안해집니다. 다른 교육 기관보다 아이들이 적어서 한 명 한 명 잘 들여다보고 지도해 주실 것 같아서 믿고 맡길 수 있겠어요. 잘 부탁드립니다."

너무너무 감사했다.

너무너무 행복했다.

한 명의 원생이 백 명의 원생만큼 커다란 크기로 다가왔다. 그러니 그 아이들에게 정성을 들이지 않을 수 없었다. 한 명 한 명이 그렇게 소중하고 예쁠 수가 없었다. 이 아이들을 최고의 아이들로 키워 내리라 마음먹었다. 그렇게 나는 주어지는 결과들에 무조건 감사하고 최선을 다하는 하루하루를 살았다. 비록 내가 그린 밑그림이 하루아침에 완성이 되지는 않았지만 기다리고 아파하고 깨달음을 얻을 때까지의 그 시간이 지금의 작은 기쁨들을 채워 준다고 굳게 믿었다. 체력적으로 힘든 것들은 여전하였지만 마음이 행복하니 견디는 것은 훨씬 수월해졌다. 지나가는 아저씨가 새댁 열심히 산다고 이야기하면 웃고 지나갈 수 있는 여유가 생겼다. 사람들과 부딪치며 자신감 있게 우리 교육원에 한번 와 보라고 초대할 수 있는 용기가 생겼다. 내 아이들과도 다시 눈을 맞추고 웃을 수 있는 마음의 여유를 가질 수 있었다.

오늘 내 주머니가 가벼워 원 없이 아이들에게 해줄 수 없더라도 내일은 좋은 일이 생길 거고 곧 더 맛있는 식사를 아이들과 할 수 있을 거라는 기대감으로 하루의 부족함을 참아낼 수 있었다.

그랬다. 부족한 것은 참고 인내하고 노력을 게을리하지 않는다면 충분히 채워짐을 알았다. 누구를 원망할 것이 아니라 내가 더 노력해야 한다는 것도 알았다.

작은 생각 하나 바꿨을 뿐인데 힘들고 불행하다고 생각한 나의 삶이 행복과 감사한 삶으로 채워지고 있었다.

작은 생각의 변화가 조금씩 나를 변화시킴을 누구보다 확실히 경험한 나는 이후 삶의 태도가 절대 긍정으로 바뀌게 되었다. 예전의 나는 두려움과 불안으로 무엇을 시작하기도 힘들었고 좋은 게 좋은 것으로 도전하기를 무척 어려워하던 성격이었다. 묻히고 드러나지 않는 것을 누구보다 좋아하는 트리플 A형.

하지만 일속에서 부딪치고 깨달음을 얻은 나는 상황에 대한 두려움은 있지만 무조건 부딪쳐보는 쪽으로 태도가 변화되었다. 그리고 그 두려움을 이겨내고 부딪쳤을 때 나에게 주어지는 결과들을 충분히 내 것으로 만들고 그 결과들에 감사하게 되었다.

변한 것은 내 머릿속 하나의 생각뿐이었는데 내 삶은 조금씩 변화되고 있었다. 감사와 행복으로.

부족한 것투성이
나를 제대로 만나다

　결혼 초 남편과 함께 직장 생활을 했던 우리는 집들이를 당연히 할 수밖에 없었다. 나는 가끔 내가 똑똑하다 싶은 바보라고 생각한다. 왜냐하면, 너무 단순하게 생각하고 쉽게 결정해 버리는 습관들로 힘든 상황을 만들고 후회하는 경우들이 종종 있기 때문이다.

　집들이도 그랬다. 그 당시에는 지금처럼 인터넷이나 어플이 없던 시절이라 요리책을 혼수로 해갈만큼 책을 보고 음식을 만들던 시절이었다. 남편의 부서 인원들만 20명이 넘었는데 타부서 직원들까지 몇 분 더 오신다면 30명 정도의 식사를 준비해야만 했었다. 나는 과감히 두꺼운 요리책 두 권을 사고 책 속의 화려한 음식의 비주얼을 만들어 낼 수 있을 거라고 믿었다. 완벽하게 재료를 준비하고 매뉴얼대로 따라서 하다 보면 책과 똑같은 요리로 상 위에 줄을 세울 수 있을 거라는 착각을 한 것이다. 집들이 당일 아침에 책을 펼치고 음식을 만들기 시작했다. 저녁에 오실 손님들을 위해……

그런데 재료 손질부터 모든 것이 어렵고 시간이 오래 걸렸다. 나의 두 손으로 30명분의 음식이 뚝딱 하고 나올 것이라는 기대는 말도 안 되는 것이라는 것을 깨닫는 데는 몇 시간이 채 걸리지 않았다. 정오를 넘기면서 더 불안해진 나는 직장에서 열심히 일하는 친정 언니를 부르고 영양사 후배를 부르고 주인집 아주머니의 손을 빌려서 3명의 활약에 힘입어 겨우 상을 차릴 음식을 준비했다. 그렇게 음식 만들기의 어려움을 피부로 느끼고서야 나는 요리학원에 다녔다. 태어날 내 아이들을 위해 태교로 요리를 배우는 것이 목적이었지만 그때의 집들이 음식 준비는 나에게 큰 충격이었던 게 분명하다.

집들이의 큰 경험을 통해 음식에 대한 나의 무지와 무능력함을 제대로 깨닫게 된 이후 기초부터 차근차근 배운 것들이 내 아이들에게 맛있는 식사를 만들어 줄 수 있는 내공을 갖게 해 주었다.

영재 교육이 좋고 우리 아이들에게 좋은 교육을 주겠다는 바람으로 선택한 나의 일속에서 나는 매일같이 크고 작은 산을 만나야만 했다. 지금은 한글 워드 정도는 열 손가락을 다 써서 아주 쉽게 작성을 하고 글도 곧잘 쓰는 편이지만 그 시절 나는 글자 크기를 키우는 것도, 여백 크기를 변경하는 것도 나에게는 넘어야 할 첩첩 산으로 다가왔다.

선생님들께 부탁해도 되지만 그렇게 되면 내 실력은 늘 제자리걸음이겠다 싶어서 모를 때마다 물어가며 배워나갔다. 나에겐 일이었고 꼭 해야만 하는 일들이었기에 몸으로 부딪치고 배우는 것들은 금세 배우는 장점이 있었다.

학부모 상담도 아이들의 검사도 늘 똑같을 수만은 없어서 이런저런 방법들을 찾고 적용해 보며 나를 다듬어 가기 시작하였다. 특히 학부모 전체 대상 부모 교육이나 설명회 등은 나에겐 정말 큰 과제고 숙제였다. 늘 앞에 서는 것을 두려워했고 누군가의 뒤에 숨어서 묻어가고 싶은 성격인데 나를 드러내고 내가 선택한 교육 과정을 누군가에게 충분히 어필하고 마음에 감동을 주기에는 나의 역량이 부족하다고 생각했고 실제로도 힘들었다. 하지만 이것 또한 피할 수 없는 나의 현실인 것을.

"부딪치며 배우자. 처음부터 잘하는 사람이 어디 있어. 하다 보면 나아질 거야."

마음을 굳게 먹고 다른 지역의 원장님들을 벤치마킹하기 위해 다른 지역 영재원에서 행사하면 무조건 달려갔다. 그때는 열정만으로 거리도 생각하지 않고 내비게이션도 없이 혼자서 아들 둘 태우고 찾아갈 수 있었던 것이 참 신기하기만 하다. 간절함이 있고 배우고 싶은 열정이 있다면 거리나 시간적인 제약들은 생각 않게 되는 듯하다.

오프닝 인사말부터 도입, 전개, 마무리까지 어떻게 말하고 소통하고 공감하는지 하나부터 열까지 놓치지 않기 위해 열심히 배우고 담아 왔다. 한 명 한 명을 잘 지도하는 것도 중요하지만 큰 그림을 그리고 무대 위에서 아이들의 역량을 돋보이게 연출하는 것도 매우 중요하다는 것을 다른 영재원의 아이들을 보면서 많이 느꼈다. 내 눈으로 직접 보고 느낀 것들을 깨알같이 메모하고 내 원에 적용할 부분들을 일일이 체크해 왔다.

"원장님. 이거 버릴 거면 내가 가져가서 활용 좀 하고 버려도 될까요?"

행사 마치고 버릴 것 같은 작업물들이 있으면 내가 보고 버려 주겠다고 가져왔다. 원장님들은 너무 좋아하셨다. 어차피 버려야 하는 것들인데 다 가져가주니 말이다. 아이들의 수업에 활용할 작업물들을 만들다 보면 생각보다 시간과 노력이 꽤 많이 든다. 한 번 무대 공연에 올리고 사용한 것들은 들인 정성에 비해 행사 마치면 거의 버리게 되어있다. 나는 그것들을 가져오는 것이 너무

뿌듯했다. 그렇게 내가 다른 원에서 가져온 작업물을 분해하고 또 활용해 보면서 만들기에 대한 자신감과 노하우들을 스스로 터득하고 배우는 것이 즐거웠다.

"왜 나는 이런 생각을 못 했지. 나도 다음에는 아이들 수업 자료로 이렇게 만들어봐야겠어."

늘 부족했지만 늘 타산지석의 마음으로 다른 사람들의 만들기를 보고 다른 원의 작품들을 보면서 내 것을 만들어 가면서 조금씩 조금씩 자신감이 생겨나기 시작했다.

창조는 모방에서 출발한다고 흔히 말한다. 그 말을 진심으로 이해할 수 있게 되었다. 아무것도 모르는 상태에서 새로운 것을 쓱 하고 한 번에 만들어낼 수 있는 사람은 아무도 없다. 머리를 쥐어짜도 모르겠고 생각이 나지 않을 때는 다른 사람들은 어떻게 하는지 꼼꼼히 살펴보다 보면 내 것이 생각이 난다.

'아! 나라면 이렇게 해보면 좋겠다.'라는 생각이 들 때 나만의 새로운 것이 탄생한다.

사람들은 자존심이 있어서 남의 것을 카피하더라도 있는 그대로를 따라 하기보다는 정말 작은 차이라도 변화를 주기를 원한다. 나도 그랬던 것 같다. 아이들에게 보여 줄 카드의 크기, 색깔, 테두리의 마감 등 디테일한 부분에서 약간의 변화만 주어도 시각적으로 훨씬 훌륭하게 보였기 때문이다.

교육원을 오픈하고 하루하루 부딪치는 모든 시간이 부족한 나를 채워가고 만들어 가는 시간이었다. 첫술에 배부르지 않듯이 매일 하나씩 배우고 이해하며 내 것으로 만들고 싶었다.

아이들의 교육도 마찬가지인 것 같다. 배고프지 않은 아이에게 몸에 좋은 음식이라고 무엇이든 끊임없이 먹이기만 하면 아이들은 결국, 질려버리게 된다.

쳐다보기도 싫을 것이다. 나에게 주어지는 것에 대해 고맙다는 생각이 전혀 들지 않을지도 모른다. 목이 말라봐야 물의 필요성과 소중함을 느낀다. 배가 고파봐야 평소 못 느끼고 당연하게 여겼던 음식에 대한 고마움을 느낄 것이다. 배움도 마찬가지였다. 나는 목마른 사람이었고 배고픈 사람이었다. 어떤 것을 주더라도 눈이 반짝였고 내 것으로 만들기 위해 씹어서 삼키는 심정으로 알고자 했다.

　나는 모든 것이 부족했다. 교육과 경영과 원 운영 등 모든 것이 처음이다 보니 해결하지 못하는 것투성이였다. 그러다 보니 남들이 사용 안 하는 것, 버리는 것 하나도 나에겐 귀하고 도움이 되는 자료가 되었고 남들은 쉽게 넘어가는 것들도 나에겐 레이저 눈빛으로 스캔하고 담아두고 싶은 저장 자료가 되었다.
　지금은 그때 노력하며 느끼게 된 깨달음과 정보들이 돈으로도 못 살 귀한 나만의 노하우가 되고 지적 재산이 된 것들이 많다.
　배우는 과정들은 어렵고 힘든 돌밭을 걷는 것이다. 하지만 내 것이 된 지식은 곳간에 저장해둔 양식처럼 나를 풍요롭게 해 주었다. 그리고 점점 나를 성장시켜주었고 나를 차별화 시켜주었다.
　나만의 색깔로…….

피할 수 없으면 즐기기,
첫 행사를 준비하던 에피소드

"원장님, 저희도 유치원처럼 발표회 무대에 서 주시면 안 돼요? 아이들 성장한 모습 부모님들께 보고 드리고 싶어요. 네?"

선생님들이 아이들의 모습을 학부모님들께 보여 드리고 싶어 하셨다. 그리고 부모님들도 내 자녀의 성장한 모습들을 무대에서 보기를 희망하셨다.

"네, 그럼요. 올해는 무슨 일이 있어도 꼭 멋진 무대 한 번 만들어 볼게요."

말은 이렇게 했지만 나는 머릿속이 하얘지고 있었다. 다른 큰 원들이야 규모에 맞게 무대를 꾸미고 작품을 만들어서 올리면 되지만 나는 고작 1년 차, 초등부를 제외한 유치부 원생이라고는 겨우 19명밖에 없었다. 19명을 데리고 무대를 만들라고……. 어떻게?

영재교육원이라는 교육의 차별성을 믿고 보내신 학부모님들이지만 아이들의 예쁜 모습을 그리고 성장한 모습을 무대에서 지켜 보고 싶은 것도 부모님들의 바람이셨다.

19명의 친구를 세울 수 있는 무대부터 구해 보고 작품을 만들고 아이들과 연습도 해야 했다. 한 번도 해 본 적이 없는 나였지만 자신감 있게 "네."라고 약속해버렸으니 이제는 진행할 일만 남은 것이다. 시에서 운영하는 대관이 가능한 큰 무대들은 이미 한 해를 마무리하는 12월의 일정들로 가득 예약된 상태였다. 내가 들어갈 날짜도 없었지만, 무대가 매우 커서 부담이 되었다. 최소 100명 정도는 되는 원에서 행사를 진행했을 때에 어느 정도 돋보이는 큰 무대들……. 나는 언제 저 큰 무대 위에 우리 친구들을 한 번 세워볼까?

부럽기만 했다.

장소조차 찾지 못하고 고민하고 있다 보니 머릿속에 작은 연극 무대가 떠올랐다. 결혼 전 몇 번 소극장 연극을 보러 가면 무대와 객석이 너무나 가까워서 배우들의 숨소리, 분장, 미세한 떨림까지도 다 보였던 그 좁은 공간이 떠올랐다.

"그래, 창원에도 연극 무대가 있을 거야. 일단 연극 무대를 찾아서 우리에게 하루만 대관해 달라고 해 보자. 무대 크기는 우리 19명의 아이가 공연하기에 제일 적당할 거야."

전화번호 책, 인터넷, 생활 정보지 등을 찾다가 두 군데 연극 무대를 알게 되었다. 너무 반가운 마음에 한군데 전화를 하니 일반 대관은 절대 안 해 준다고 거절을 당했다. 다른 한군데 전화를 드렸다. 안 받으신다. 다음 날 또 전화했다. 술 취한 남자 목소리에 순간 당황했지만, 용건을 말씀드리니 일단 와 보라고 하신다. 물어 물어서 처음 가 보는 소극장 공간에 도착하고 보니 어디가 출입문이고 어디가 무대인지 알 수가 없다. 낯설고 두려웠다. 내가 괜한 짓을 하는 건 아닌가? 어제의 낯선 목소리의 남자분은 공연을 기획, 연출, 연기까지 하는 배우였던 것이다.

공연 무대로 세팅하기 위해 지금은 공사 중이고 무대는 하루 빌려주겠다고 하시는데 너무나 철거 직전의 상가 같은 느낌에 선뜻 하겠다고 말을 못 하고 돌아서 나와 버렸다.

원에 돌아와서 선생님들과 답사 느낌을 이야기 나누다 보니 그곳을 안 본 선생님들께서는 거기를 우리가 조금 꾸미고 행사를 하면 어떻겠냐고 자꾸만 해 보자고 겁 없이 나를 부추겼다. 내 마음은 또 흔들렸다. 해야 하나 말아야 하나. 해야겠지. 그곳이 아니면 장소가 있을까? 없을까? 없겠지. 그럼 거기서 해야지. 답이 나왔다.

다음 날 어제의 연극 무대를 찾아가서 하겠다고 계약을 하고 대신 아이들의 행사 날짜 전까지 모든 어질러진 물품과 자재들을 깨끗이 치워만 달라고 부탁을 드렸다. 그것만 해결해 줘도 좋겠다고 생각했는데 문제는 무대 뒤 배경이 문제였다. 자줏빛 벨벳 천이 처진 대강당 분위기가 아니라 늘 새롭게 세팅하는 연극 무대이다 보니 너무나 썰렁하고 초라했다. 머리를 짜서 생각해 낸 것이 현수막업체에 아무것도 프린트하지 않은 흰색 현수막을 대형 사이즈로 두 개 정도 붙여서 커튼처럼 만들어 달라고 주문하였다.

무대 뒤에 대형 현수막 두 개를 붙여서 깨끗하게 붙이고 빔을 이용해서 크리스마스 분위기의 눈 내리는 마을을 연출했다. 무대는 눈 내리는 어느 마을로 연출이 되었다. 지금 생각해도 참 예쁜 배경이었다.

12월에도 난방이 별도로 안 되는 공간은 영재원에 있는 모든 난방기구를 가지고 와서 객석을 데웠다. 조명과 음향은 선생님 한 분이 조명실에 기어들어 가다시피 해서 일일이 손으로 작업을 하셨다. 진행은 잘하든 못하든 대본도 내가 쓰고 혼자서 진행을 맡았다. 그렇게 나의 첫 발표 무대는 부모님께 선보

여겼고 그날의 느낌과 감동을 잊을 수가 없다.

어차피 초보 원장이었으니깐 신경은 있는 대로 쓰고 있는 게 티가 났는지 마음 따뜻한 학부모님께서 추운 손발을 녹일 캔 커피를 뜨거운 물에 데워서 입장할 때 하나씩 손에 쥐고 들어갈 수 있도록 도움을 주셨다. 리허설도 변변히 하지 못하고 무대에 오른 친구들은 너무나 웃기는 장면들을 연출했지만, 그 실수하는 모습까지도 미소로 끝까지 답해 주시는 학부모님들이 계셔서 너무나 행복하고 감사했다.

인원이 적다 보니 아이들이 무대에 오르는 횟수는 상대적으로 많아서 의상 갈아입을 시간이 부족해서 옷을 뒤집어 입고 나오는 친구도 있었고 지퍼를 다 올리지 못한 친구도 있었고 모자를 안 쓰고 나오는 친구들도 있었다. 모든 것이 실수투성이의 첫 발표회 무대였다. 웃으며 울며 그렇게 행사를 마치고 나니 한 분의 어머님께서 물으신다.

"원장님, 발표회 행사 비디오는 언제 나오나요?"

"네? 찍은 것이 없는데 어쩌죠?"

그렇게 첫 작품은 모두의 머릿속에 그리고 가슴속에 추억으로 저장되었다. 나의 고생이 어떻게든 해 보려 했던 노력이 부모님들의 눈에도 보이셨나 보다.

다음 해부터 나는 시에서 운영하는 대강당에서 매년 한 해도 빠지지 않고 아이들의 모습을 무대에서 보여드릴 수 있게 되었다. 넉넉하게 행사장을 가득 메울 수 있었던 것이다.

하늘도 감동했나 보다. 세상에 아무도 알아주지 않는 노력은 없다는 것을 배웠다.

행사에 자신감이 붙다

"원장님, 부산에서 교사 교육이 있는데 강사님도 꽤 유명하시고 내용도 원장
님께 유익한 교육이 될 거에요. 같이 가서 들어 봐요."

대구에 계신 원장님께서 좋은 강의를 추천해 주었다. 토요일은 아이들과 함
께 있어 주고 싶었지만 그래도 나에게 도움이 되는 교육일 거라고 하니 어떻게
든 교육에 참석하고 싶었다. 주말 부부였던 남편은 토요일 저녁 7시나 되어야
창원에 도착하니 이를 어쩌지? 하고 싶지 않은 일은 핑계가 보이고 하고 싶은
일은 방법이 보인다고 했으니 방법을 찾아보자고 마음을 먹었다.

내가 일을 하기 위해 선택한 이곳 창원은 아는 사람이 단 한 명도 없었다. 친
정 식구라도 있으면 마음 편히 아이들을 맡겨두고 교육에 갔을 텐데 늘 두 어
린 아들이 걱정되었다.

'일하는 엄마를 둔 너희들이 무슨 죄라고…… 괜찮아. 당당해지자. 더 많은
것을 줄 수 있는 엄마가 되어서 돌아올게.'

그렇게 생각하고 제일 마음 편하고 이해해 줄 것 같은 학부모님께 부탁을 드

렸다.

저녁에 아빠가 올 때까지만 아이들을 봐 주시면 더 많이 배우고 와서 우리 영재원 친구들에게 교육적으로 혜택을 드리겠다고 말씀을 드리니 흔쾌히 승낙을 해주셨다. 그렇게 나는 학부모님께 우리 아이들을 맡기고 교육을 받으러 다니기도 했다. 왜냐하면, 조금이라도 내가 성장해야만 우리 아이들에게 그리고 우리 원생들에게 혜택을 줄 수 있을 거라고 믿었기 때문이다.

"원장님, 걱정하지 말고 다녀오세요. 열심히 배우고 오셔서 우리 아이들에게도 좋은 것 많이 가르쳐 주시면 돼요."

난 결혼 후 일을 선택하기 전까지는 누구에게 피해를 주는 것도 못 하지만 도움을 청하는 것도 못 하는 성격이었다. 하지만 일을 선택하고 스스로 성장해야겠다는 생각을 가지게 된 이후부터는 꼭 해야 하는 일 앞에서는 방법을 찾았고 누군가에게 다소 불편함을 끼치더라도 부탁을 청하는 뻔뻔함을 갖게 되었다. 내가 생각하는 최선은 혼자서 어떻게든 해결하려고 하는 것보다는 필요하다면 누군가의 도움을 적절히 청할 수 있는 것도 최선이라고 생각한다.

무슨 용기가 나서였을까? 지금 생각해 보면 배움에 대한 욕심 때문이 아니었나 싶다. 다행히 부산 교육에 참석하게 되었고 나는 그곳에서 명강사님을 한 분 만나게 되었다. 500명의 유치부 교사들 앞에서 그들의 감정을 들었다 놨다 하시는 명강사님. 너무나 풍성한 에피소드와 곁들인 의미 있는 메시지.

그날의 강의 주제는 '선생님, 당신은 우리의 희망입니다' 였다. 나는 희망이 되고 싶었고 희망을 주는 주체가 되고 싶었다. 내 아이들에게, 내 학생들에게, 내 학부모님들께. 그렇게 희망의 메시지를 가득 가슴에 안고 기차를 타고 돌아오는 차 안에서 이런 생각을 해 보았다.

'이렇게 멋진 강사님을 우리 창원에 모시고 강의를 한다면 얼마나 좋을까?

개인적으로 섭외를 해서 10월에 꼭 한번 모셔야겠어. 내가 느낀 감동을 우리 학부모님들께도 전해 드리고 싶어.'

그리고 그다음 날 인터넷을 뒤져 어제의 그 강사님의 연구소에 연락하고 날짜를 맞추고 강의 섭외를 했다. 겁 없이.

그런데 문제가 하나 생겼다. 나 혼자서 강연을 요청하기에는 이 분의 강사료가 너무 비쌌던 것이다. 그리고 공항에서 강의장까지 픽업하러 누군가가 와 주어야만 강의해주실 수 있다고 하셨다. 그 누군가는 남편이 도와준다고 하지만 강사료는 조정이 불가능했다. 너무 비싼 강사료 때문에 주로 300~400명 이상 모일 수 있는 교사 교육이나 연합회 교육에 참석하신다고 하셨다. 그럼 강사료를 조금씩 나누어서 낼 수가 있으니깐. 하지만 겁 없는 나는 꼭 모시겠다고 결정하고 섭외를 하는 과정인지라 어떻게 금액을 낮출 수도 조정할 수도 없는 상황이었다. 그래, 내 한 달 월급을 투자해서 좋은 강의 한 번 듣는다고 생각하자. 그만큼의 충분한 가치가 있을 거야.

결정하고 보니 그다음 문제가 생겼다. 최소한 100명 이상을 한 자리에 모아야만 했다. 이렇게 좋은 강의를 몇 명만 앉혀 놓고 듣게 할 수는 없었다.

초창기의 영재원은 학부모님들께서 많지 않으셨다. 거기다가 직장이나 집안일로 참석이 힘드신 분을 제외한다면 30명 정도의 학부모님들을 모시는 것도 어려운 일이었다. 그렇다면 새로운 학부모님들을 초대하자는 생각으로 강의를 위한 광고를 하게 되었다.

하루 초청되는 강사님을 위해 불특정 초대 학부모님들을 위해 광고 경비를 아끼지 않고 투자하였다. 현수막도 걸고 전단도 만들고 초대 티켓을 만들어 초대장도 우편으로 발송해 드렸다. 광고를 위해 인력을 쓸 수가 없어 매일 저녁 아이들을 재우고 한 시간씩 아파트를 돌며 전단을 붙이고 우편함에 초대장을 넣었다. 내 머릿속에는 한 가지 목표만 있었다.

'그래, 최소한 100명이다. 100명 이상의 청강 학부모님들을 초대하자. 그분들에게 깨어있는 강의를 전달해 드리고 또 영재 교육을 알리는 거야.'

목표가 분명하니 해야 할 일들이 힘들지 않게 느껴졌다. 그렇게 강의하기로 한 날짜가 다가오고 모든 행사장 준비를 마쳤다. 행사장의 좌석은 200석이었다. 두근두근 떨리는 마음으로 시작 시간까지 타들어 가는 마음으로 입구를 지켰다. 낯익은 학부모님, 그리고 그들의 손에 이끌려 오시는 지인 학부모님. 그리고 내용이 궁금해서 찾아오신 신규 학부모님.

나는 강의 경력 한번 없는 원장이었지만 그들에게 좋은 강연을 제공해 드리겠다는 목표로 한 분씩 인사를 나누고 방명록에 기록을 남겼다. 드디어 시작시간이 5분을 초과하였다. 시작을 알리는 인사말과 함께 강사님의 강의가 시작되었다.

강의는 매우 성공적이었다. 내가 하는 교육의 중요성을 알려주는 것과 동시에 자녀들을 위한 학부모님들의 교육관을 바로 세울 수 있는 임팩트 있는 강의가 두 시간가량 이어졌다. 너무나 긴장하고 걱정하고 준비한 행사라 앉지도 못하고 뒤에 서서 듣다가 무심코 방명록의 번호를 보았다. 마지막 번호가 140번을 넘겼다. 우와! 내가 목표했던 100번을 넘겼다는 성취감에 내 가슴은 떨렸고 환호라도 지르고 싶어졌다.

그날 나는 멋진 소장님의 강의에 한 번 더 감동했다. 나도 언젠가는 저분처럼 누군가의 마음속에 울림을 줄 수 있는 강연을 해 보고 싶다는 바람을 처음으로 가져 보았다. 행사에는 초보였던 원장이 점점 행사에 자신감을 가지게 되는 계기가 되었다. 하면 된다는 자신감이 마음속에서 자라났다. 하면 되는 것을……:

노력에 대한 대가

목표했던 큰 행사를 마쳤다. 행사를 마치고 한 분 한 분께 인사를 다 끝내고 나니 긴장이 풀어졌나 보다. 두 아들을 데리고 남편과 찜질방을 찾았다. 아토피가 있던 아이들을 위해 가끔 가는 곳이었지만 그 날은 내가 쉬고 싶다는 마음이 더 컸었다.

잠자리가 바뀌면 잠을 잘 자지 못 하는 나와 남편은 잠은 반드시 집에 와서 자야 한다는 같은 생각을 하고 있었는데 그날만큼은 우리 가족은 찜질방에서 밤을 지내게 되었다. 왜냐하면, 내가 매점 앞에 쓰러져서 잠이 들어 버린 것이었다. 너무 피곤하고 긴장이 풀리다 보니 아이들이 왔다 갔다 하기 좋은 매점 옆에 누워서는 그다음 날 아침까지 일어나지 못하고 쓰러져서 그대로 깊은 잠이 들어버렸다. 아이들이 잠결에 '엄마! 일어나.' 몇 번 흔든 것 같은 기억은 나는데 나는 몸을 일으키질 못하고 그대로 아침까지 누워 있었다. 찜질방에서 잠이 든 것은 처음이자 마지막이었다. 잊을 수 없는 찜질방 취침 사건.

허무했다. 눈물도 났다. 목표를 세우고 그 목표만을 향해 달렸건만 청강 인원에 대한 목표달성이라는 성과 외에는 큰 성과는 없었다. 나의 투자와 노력에 비해서 간절했던 새 학기 원아 모집에 큰 영향을 주지는 못했다.

며칠을 시름시름 앓았다. 목표를 이룬 기쁨도 잠시, 나는 그다음 산을 넘을 준비를 하며 숨 고르기에 바빴다. 이제 나를 어떻게 알려야 하나? 무엇을 할까? 고민하던 중 전화가 울렸다.

"네, 한국 영재 교육원입니다."

나의 목소리는 언제 고민을 했나 싶을 만큼 밝게 전달되었다.

"네, 며칠 전에 부모교육 강의 참석했던 엄마인데요. 입학 상담받을 수 있을까 해서요."

당연히 되고 말고요. 내가 원하던 결과였는데 이렇게 상담 문의가 들어오다니. 가슴 벅찬 성취감에 너무 행복했다. 그동안의 가슴 졸임이 사라지는 순간이었다. 최선을 다해서 상담해 드렸고 당연히 다음 해 입학생이 되어 4년을 다니고 동생들까지 모두 입학했던 기억이 난다.

한 번의 인연을 쌓는 것은 참으로 소중하다. 그 작은 스침의 인연이 내 것이 되기까지는 기다림도 참 중요하다. 내게로 다가와 내 손을 잡는데도 많은 시간이 걸린다.

내 손을 놓지 않고 함께 걸어갈 수 있는 것도 중요하다. 그 중요한 순간순간을 기다리지 못하고 조급해하다가는 내 가슴이 너무 아프고 매일 힘든 순간이 된다는 것을 깨닫는데도 나는 오랜 시간이 걸렸다. 그리고 그 인연을 이어가는 데 가장 중요한 것은 서로에 대한 믿음과 약속에 대한 신뢰였다. 나의 적은 노력이 하루아침에 큰 결과를 주지는 않는다. 그렇다고 그 노력을 게을리해서도 안 된다.

눈에 바로 보이지 않는 노력이 모여서 어느 날 내게 다가오는 인연이 됨을 깨달았다. 아마 이 교육 사업을 통한 일속에서 사람과의 관계, 인연, 신뢰감을 소중히 여기는 습관이 생겨난 것 같다. 작은 것에 대한 소중함, 그 인연들이 모여서 지금의 나를 성장시켰고 지금의 내가 있을 수 있는 것 같다. 참 감사한 인연들이다.

나는 한 명의 교육생을 하나하나 깊이 관찰하고 소중히 여긴다. 그 아이의 발달 과정, 학습 안에서의 성장 하나하나를 기억하고 피드백하려 노력하였다. 내가 아이들을 깊이 관찰하고 관심을 가질수록 부모님들과의 이야깃거리들이 늘어났다.

상담을 하면 한두 시간을 넘기는 것은 다반사였다. 한 아이의 성장을 위해 이렇게 많은 이야기를 나누는 것이 나는 참 좋았다. 나와 같은 방향성을 가지고 믿고 따라와 주시는 부모님들이 계시다는 것이 너무 행복하고 좋았다.

그렇게 큰 행사였던 부모 교육 강의를 하고서도 원아 모집의 어려움을 겪고 마음고생 했던 나는 그다음 해부터는 소개가 기분 좋게 이어지게 되었다. 한 명에 대한 사랑과 관심이 내가 가장 힘들어하던 부분들을 천천히 채워 주고 있었다. 그 당시 나의 가장 큰 꿈은 원아 모집 걱정 안 하고 좋은 친구들이 많이 많이 모여서 나는 좋은 것만 주기 위해 열심히 공부하고 나누어 주는 원장이 되고 싶다는 것이었다.

배움에 대한 열정이 가장 크고 가장 높았을 때였다. 세상에 좋은 것이 있다면 빚을 내서라도 사들였고 아이들에게 주고 싶었다. 내 아이에게 가장 좋은 것을 주고 싶은 엄마의 마음으로 내 원에서 성장하는 아이들에게는 최고를 주고 싶은 마음이었다. 우리는 가끔 내 가정에서도 조급함이 몰려올 때가 있다.

나는 최상의 것들을 아이들을 위해서 제공하고 전달했는데 우리 아이들은 왜 이렇게 내 마음과 다른 방향으로 갈까? 왜 내가 원하는 결과가 안 나타날까? 뭐가 부족한 것이지? 그런 조급함에 조금 일찍 포기하기도 하고 조금 빨리 지치기도 하는 부모님들을 종종 만난다.

하지만 자녀에 대한 포기나 지친 모습은 부모가 절대로 가져서는 안 되는 것이라 나는 생각한다. 세상이 무너져도 의지하고 후원해 주고 바람막이가 되어 줄 사람은 부모밖에 없다. 아이가 다른 것에 더 많이 관심을 가지더라도 탐색하고 즐거움을 얻고 다시 방향을 돌려 돌아올 때까지 기다리고 응원하고 계속 자극을 줄 수 있는 사람은 부모여야만 한다.

넉넉한 마음의 여유를 가져야만 한다. 그래야만 아이들도 그 넉넉함 속에서 그 너그러운 기다림 속에서 언제든 다시 돌아와 새로운 것을 받아들일 수 있는 여유 있는 아이들로 성장할 것이다.

기다림. 참 어려운 키워드임이 틀림없다. 하지만 나는 내가 선택한 일속에서 배웠다. 내가 조급해한다고 이루어지지 않던 것이 더 빨리 이뤄지는 것도 없다. 조금은 느긋하게 지치지 않고 기다리며 노력해야만 한다. 그럼 그 노력은 반드시 새로운 대가를 전해 준다. 어떤 모습으로든. 숨 한번 고르고 조금만 기다리자. 내일은 또 다른 즐거운 노력의 결과가 나타날 거야.

나는 욕심 많은 원장

나는 유아 교육만을 전공한 사람이 아니었다. 내 아이를 낳고 키우다 보니 유아교육과 아동학에 욕심이 생겨났다. 어떻게 하면 더 좋은 것을 줄 수 있는 엄마가 될까? 어떤 교육을 하면 아이들에게 적기에 최상의 교육을 줄 수 있을까?

그 궁금함과 호기심이 나를 유치부 교육, 그중에서도 영재 교육을 하도록 이끌었고 나는 내가 전공하지 않은 것들을 새롭게 배워가는 것이 즐겁고 신기하고 재미있었다.

내가 일하면서 필요에 의해서 배우고 익히는 것들은 바로 내 것이 되었다. 그리고 돌아오면 그대로 내 아이들에게 내 원의 교육생들에게 전달해줄 수 있다는 것이 참 좋았다. 무언가 줄 수 있는 엄마, 줄 수 있는 교육자가 되어 있다는 것은 돈을 떠나서 더 큰 가치와 의미를 나에게 부여해 주었다.

한번은 새로운 프로그램 도입을 위해 대전으로 2박 3일 연수를 떠났다. 선생님 두 분을 모시고 나와 셋이서 연수에 참여했다.

전국에서 모인 선생님들 사이에서 테이블당 각각 다른 교수 자료들이 주어졌고 연습시간은 채 10분이 안 되었다. 주어진 교수 자료를 이용해서 어떻게 수업에 적용하는지 직접 앞에 나가서 시연해 보는 활동이었다. 당당하던 선생님들은 각 조에서 대표로 나서게 될까 봐 서로 안 하고 싶어 했다.

하지만 욕심 많은 나는 선생님 두 분도 각 조 대표로 준비하도록 하고 나도 교사인 척 나가서 모델 수업을 직접 해 보았다. 왜냐하면, 수업에 대한 피드백을 하고 가면 바로 우리 원으로 가서 수업에 바로 적용하기가 훨씬 좋다는 것을 알았기 때문이었다.

떨리는 목소리로 100명 정도의 선생님들 앞에서 아이들을 앉혀 놓고 수업하듯이 또렷한 목소리로 주의 집중을 시키고 카드를 넘기며 수업을 해 나갔다. 목소리도 떨리고 손도 떨리고 모든 것이 떨림 투성이였다. 손에 있는 카드들이 떨어질까 싶어 땀이 흥건했다. 몇 분 안 되는 시간이 너무 길게 느껴졌다. 나만 바라보는 눈동자들이 너무 부담스럽고 창피하기도 했다. 모든 활동이 끝나고 교수님께서 피드백해 주셨다. 내 이름이 불리지도 않았는데 가슴은 두근두근 방망이질 치며 얼굴까지 빨개져 왔다. 잘못한 것들이 지적되면 선생님들 앞에서 너무 부끄러울 것 같았다. 그런데 교수님께서 내 이름을 부르시며 이렇게 말씀해 주셨다.

"윤성희 선생님은 오늘 수업하시는 모습만으로도 아이들에게 좋은 것을 정확하게 전달할 수 있는 선생님이신 것 같습니다. 오늘 보여주신 수업 모습 그대로 내일부터 바로 수업하셔도 될 만큼 정확성과 전달력이 너무 좋으셨습니다. 목소리 톤도 너무 좋고 특히 영어 발음이 너무 좋으셔서 따로 음원 틀지 않고 육성으로 수업하셔서도 충분하실 것 같습니다."

아. 무슨 칭찬을 이렇게 과하게 해 주시나. 너무 좋았다. 돌아오는 기차 안에서 선생님들을 격려했다.

"그래도 내가 원장인데 더 열심히 하는 모습 보여 주려고 엄청 긴장하고 했어요. 선생님들은 더 잘하실 수 있을 거예요. 우리 돌아가서 열심히 해 봐요."

전국 단위로 교육이 이루어질 때 나는 선생님들만 따로 보내지 않고 늘 항상 동행했다. 주로 다른 원에서 오시는 선생님들은 짝을 지어 교사만 오는 경우들이 대부분이다. 나는 배우고 싶었다. 내가 모르는 만큼 배워서 내 것으로 꼭 만들고 싶었다. 선생님들께서는 언젠가는 떠나시더라도 내가 배워서 익숙해져 있으면 새로운 선생님들이 와도 제대로 가르쳐줄 수 있는 원장이 되고 싶었다. 우리 학부모님들께서 무언가 질문하면 제일 먼저 정확하게 답해 주는 원장이 되고 싶었다. 그래서 영재원 안에서나 원장이었지 교육받는 공간 안에서는 나는 늘 한 명의 교사였다. 그렇게 5년을 전국을 다니며 좋은 교육은 무조건 배우고 돌아와서 우리 영재원에 적용하며 새로운 것을 배우는 것에 아낌없는 투자를 하였다.

한번은 부산 교육을 매달 한 번씩 가서 다음 달 적용할 수업 내용을 미리 연습해보고 숙지하는 과정이 일 년 이상 진행되었다. 일 년은 다녀봐야 전 연령대 사고력 과정 수업 지침을 이해하고 적용하기 쉬웠다. 나와 5년 정도를 함께 다닌 선생님들은 이제 교재만 대충 봐도 어떻게 수업에 적용할지 빠르게 인지하는 수준에 이르렀다. 그럼에도 불구하고 무조건 결석 없이 참석해야만 한다고 하니 선생님들께서는 힘들어할 만도 했다. 하지만 이렇게 배우고 교수법을 익힌 수업 내용을 부모님들에게 보여드리는 오픈 수업으로 선생님들을 돋보이게 해 드릴 수 있었다.

하나의 문항에 대해서 아이들과 얼마나 재미있게 토론하고 유추해 나가는지 부모님들께서 직접 수업 과정을 지켜보시고는 교사에 대한 신뢰도가 완전히 높아졌다.

어떤 분들은 수업 참관이 끝나고 이렇게 말씀하셨다.

"이렇게 재미있는 수업을 우리 부모님들도 한 달에 한 번이라도 받아봤으면 좋겠어요. 그러면 지금이라도 두뇌가 녹슬지 않고 개발될 것 같아요. 원장님. 사고력 수업 완전 재미있어요."

그렇게 수업을 지켜보신 부모님들은 선생님들의 역량과 가치를 인정해 주셨고 선생님들도 자신들의 힘든 수업준비 과정 뒤에 오는 보람을 눈으로 직접 보고 피부로 느끼게 되셨다.

아이들을 지도하고 가르치는 것은 어찌 보면 단순하다고 할 수도 있다. 하지만 나는 그 단순한 방법 속에도 여러 가지 교수 방법들이 보였다. 그 방법들을 하나하나 적용하다 보면 아이들이 가장 즐겁게 재미있게 참여하는 활동들을 중심으로 우리가 주고 싶은 교육적 의미들을 가르쳐줄 수 있다.

1+1=2라는 간단한 연산식도 무조건 가르치는 것이 아니라 다양한 방법들로 접근할 수 있다. 나는 그리고 우리 선생님들은 아이들에게 늘 새로운 방법을 만들어내는 가치 있는 일을 하는 것이 너무 좋았다.

내 아이가 너무 좋아서…… 그 아이를 더 잘 가르치는 엄마가 되고 싶어서 선택한 교육. 그 속에서 내가 성장하고 있었다. 나 스스로가 교육과 학습을 대하는 태도를 다르게 가질 수 있었고 그렇게 달라진 태도로 내 아이들에게 줄 수 있는 것이 늘어남에 너무나 감사한 시간이었다. 유대인의 속담처럼 배움은 참 꿀처럼 달콤한 거구나. 내 아이들도 이것을 꼭 배워 갔으면 좋겠다고 생각했다.

내 경험을 나누어 주다

나는 처음 엄마가 되었다. 세상의 모든 엄마가 그러하듯 나도 초보 엄마였
다. 모르는 것이 아는 것보다 더 많았다. 그래서 답답하고 궁금했다. 그 궁금함
과 두려움을 넘어서 좋은 엄마가 되려고 노력하다 보니 너무 큰일을 벌여 놓게
되었다. 그 큰일을 수습하고 수습하며 지내다 보니 그것이 내 경력이 되어 버
렸다.

처음 욕심과 무모한 자신감으로 시작한 영재원을 한 해 두 해 운영하다 보니
나만의 교육 철학이 확고해짐을 느꼈다. 그리고 그 생각을 부모님들과 상담할
때 이야기 나누게 되었다.

나와 생각을 함께하는 분들은 오랜 시간 나의 고객이 되었고 함께 손잡고 걸
어가는 학부모님이 되었다. 그분들께서 처음에 상담실의 문을 열고 들어오서

서 이야기를 시작하다 보면 어느새 그 이야기들이 내가 지나온 길이라는 생각이 들 때가 있다.

"원장님, 저는 그냥 내 아이가 평범하게 잘 자랐으면 싶은데 하는 행동이 점점 평범하지가 않아요. 무언가 호기심이 가득한데 엄마로서 어떻게 그것을 채워줘야 할지 모르겠어요."

"옆집 아이는 참 많은 것을 시키고 또 곧 잘하는 것 같은데 우리 아이는 할 줄 아는 게 너무 없어요. 어떻게 지도해 줘야 할까요?"

"아이 행동이 다른 아이들과 매우 달라요. 주변에서 검사 한번 받아보라고 해요. 도대체 무엇 때문에 다른 아이들과 다르게 행동하고 표현하는지. 영재아일까요? 문제아일까요?"

"저는 일하는 엄마라서 아이에게 관심을 많이 못 가져 줘요. 아이의 연령에 맞게 좋은 자극과 환경을 주고 싶은데 어떻게 해야 할지 모르겠어요."

들어보면 다 내 고민이었다. 다 초보 엄마고 무지했던 시절 내 모습이었다. 우리는 터널 속을 걷다 보면 이런 생각을 공통으로 할 것이다. 이 터널 속에 무엇이 있을지? 이 끝에는 또 어떤 세상이 있을지? 위험한 것은 없는지? 내가 제대로 걸어가는 건 맞는지? 돌아가야만 하는 건 아닌지?

두려움과 불안함으로 누군가 저 끝에는 무엇이 있고 너는 잘 걸어가고 있다고 한마디만 해준다면 너무 편안해질 것 같은 그런 지푸라기라도 잡고 싶은 생각을 하게 된다. 이렇게 고민하는 우리 원의 부모님들도 터널 속을 걷는 것과 같다고 나는 생각했다.

나도 너무나 불안하고 두려워서 공부했고 그러다 보니 내 아이에게 주고 싶은 교육을 선택하게 되었고 그 과정에서 부딪치고 느끼고 깨달으며 두려움이 기쁨으로 희망으로 바뀌는 과정을 경험했다.

나에게 오신 부모님들께도 그 길을 알려드리고 싶어졌다. 그리고 그분들의 불안함을 안정감으로 돌려드리고 싶어졌다. 그래야 지금 아이들에게 덜 상처를 주고 덜 힘들게 하실 거라는 생각에서 내 경험을 나누기 시작했다. 처음 상담할 때는 모르는 게 더 많아서 상담 내용이라고 A4용지에 빽빽이 교육 이론과 과정에 대해서 적고 외우고 나열하는 식의 상담을 했다면 이제는 경험을 나누는 상담을 하기 시작했다.

어머님, 많이 불안하시죠?

하지만 지금 이곳에 오셨다는 것은 그만큼 다른 분들보다 내 아이에 대해서 걱정하고 관심을 가지고 계시다는 증거에요. 즉, 좋은 부모님이라는 뜻이니 너무 걱정하지 마시고 제가 알고 있는 부분에서는 최선을 다해서 도와드릴게요. 혹시 데이터가 필요하시면 검사를 먼저 받아 보셔도 좋고요. 검사결과 아이들의 행동특성이 왜 그렇게 나타나게 되었는지 이해하시는 좋은 계기가 될 거에요. 궁금하신 것은 무엇이든 물어보셔도 되고요. 그 과정에서 교육이 필요하다면 추천해 드릴게요.

그렇게 마음을 열고 진심으로 아이들을 위해 상담을 하면 어느새 옆집 아는 엄마처럼 친근하게 가까워져 있는 경우들이 많았다. 내가 하는 교육을 넘어서 내가 알고 있는 모든 정보를 드리려고 노력했다. 넓게는 아이들의 언어 영역에서 필요한 책이 있다면 내가 가지고 있는 책도 기꺼이 선물로 드렸다. 외국어 영역에 관심이 있는 분은 유학 정보도 내가 알고 있는 지식을 다해서 찾아 드렸다.

내가 궁금해서 공부하고 찾아가면서 얻은 정보는 터널 속에서 갑갑해 하시던 부모님들께는 응원이 되었고 희망이 되는 것임을 알게 되었다. 나는 적극적으로 내 정보를 드리고 내 경험을 나누어드렸다.

우리 원을 졸업하면서 어머님들이 말씀하셨다.

"아이 키우면서 힘들 때 찾아와도 될까요? 차 한잔하면서 가끔 아이 키우며 힘들고 답답할 때 상담할 수 있는 친구 같은 원장님으로 지냈으면 좋겠어요."

언제든 땡큐였다. 나는 내 것을 드리고 나누는 것이 참 좋았다. 내 경험이 그분들에게 작은 위로가 되고 힘이 된다면 그보다 더 보람 있는 일이 없다고 생각했다.

내가 가치 있는 경험들을 쌓아가는 것이 누군가에게 도움이 된다는 것은 참 좋은 일이다. 나는 내가 선택한 일속에서 내 교육적 가치관을 가지게 되었고 내 아이들에게 더 좋은 것을 나누어주는 엄마가 되었고 또한 정보가 필요한 분들께 내가 얻은 정보를 나누어 드리는 가치 있는 일을 할 수 있게 되었다.

두려움,
인정하고 극복하는 과정을 배우다

사람들 앞에 서는 것을 즐기는 사람이 있다. 분명 끼가 많거나 두려움을 모르는 사람들일 것이다. 그런 사람들은 대중의 관심과 사랑을 먹고사는 연예인이나 방송인이 되었을 것이다.

하지만 타고난 뼛속까지 A형인 나는 사람들 앞에 서는 것이 너무 싫고 두려웠다. 얼마나 앞에 나서는 것을 싫어했는지 기억을 거슬러 보면 초등학교 때부터였던 것 같다. 공부는 그럭저럭 빠지지 않게 했지만, 발표는 꽝이었다. 친구들 앞에 나서면 얼굴이 붉어져서 말을 엄청 빠르게 그리고 작게 말하고는 얼른 들어오곤 했다. 조금만 더 서 있으면 울음이 날지도 모를 지경이었다. 반장 선거에 나가서도 인사조차 똑바로 못해 얼마나 부끄러워했던가?

대학 때도 레포트 내용이 좋아서 발표를 시키면 빨갛게 달아오른 얼굴로 얼마나 빠르게 읽고 내려와야만 했는지 친구들은 무슨 말인지 못 알아들었다고 말하며 나를 놀리기까지 했다. 그런 소심하고 내성적인 성격의 나는 일을 하면서 학부모님들 앞에서 나를 보여주고 알려 주고 때로는 당당하게 마음을 전할 수 있는 원장이 되어야 했다.

떨려도 떨리지 않은 척. 두려워도 두렵지 않은 척. 처음에는 내가 해야 할 말을 외워서 암송하다시피 하였다. 실패였다. 내 생각, 내 의견이 없는 이야기는 뜬구름에 지나지 않았다. 이론에 생각을 더해 보았다. 한결 듣는 사람들에게 귀를 열게 해 주었다.

하지만 설득력이 떨어졌다. 이론에 내 생각에 경험한 이야기를 더해 보았다. 이론은 지루하지만, 생각과 스토리는 마음의 문을 열 수 있었다. 그리고 경험에서 나오는 스토리는 거짓말이 아닌 살아 있는 이야기다 보니 훨씬 이야기하기가 편했다. 두려움도 조금은 덜해졌다. 그렇게 부모님들 앞에서 영재 교육원을 알려드리고 내 생각과 교육관을 말씀드리고 더불어 아이들을 교육한 체험 사례들을 발표하는 것들에 조금씩 익숙해지기 시작했다.

지금도 부모 교육을 준비하다 보면 안 하고 싶고 어떤 이야기들을 어떻게 전달해드릴까 두려운 것은 늘 마찬가지이다. 하지만 내가 하기 싫다고 당장 멈춰버리면 나 스스로 성장을 포기하는 것이라 믿기에 힘들어도 준비한다. 그리고 최선을 다해 노력한다.

하나의 떨림 없이 방송하고 연기하는 사람들도 늘 마이크와 카메라 앞에서는 떨린다고들 말한다. 그리고 대중 앞에서 두렵고 때로는 공황 장애까지도 겪는다는 연예인들도 있다.

그런 분들도 많은 기회와 경험 속에서 두려움을 느끼지만 받아들이고 극복하려고 노력하면서 지금의 모습들을 만들었으니 지금의 자연스러운 모습이 나오지 않았을까? 남들은 모를 수밖에 없는 수많은 연습과 노력과 경력이 쌓여서 나오는 것이리라. 그렇다면 나 또한 이것을 인정하고 이겨내려고 노력하다 보면 나아질 수 있으리라 생각하였다.

피해갈 수 없는 실전의 부딪침 속에서 나의 가장 부족한 부분을 느끼고 받아들였다. 때로는 타인의 도움을 구하기도 하였다. 요즈음은 자신을 표현하고 드러내기 위한 여러 가지 강연회나 강좌들이 많다. 꼭 방송 관련 일을 하지 않더라도 일상에서 자신을 표현하는 것에 자신감을 만들어가길 원한다. 하지만 나는 일과 관련된 것이었고 한 번의 발표가 내 원을 알리는 중요한 수단이 되었다.

때로는 연습도 하고 때로는 녹음도 하고 때로는 녹화도 하면서 나를 단련하고 만들어 갔다. 물론 늘 부끄럽고 어색하고 말할 수 없이 숨어 버리고 싶기도 했지만 가장 부족한 나를 인정했다.

이제는 깨달았다. 지나치게 잘하려고 했을 때는 부작용처럼 실수가 나타난다. 말이 꼬이든가. 순서가 꼬이든가. 당황스러운 상황이 생기든가. 그래서 이제는 조금 편하게 내려놓고 말하려 한다. 조금 부족하더라도 가장 진솔한 내 이야기를 담아서 전하려 한다. 내 삶에서 내 교육에서 묻어나는 이야기들을 전하려 한다. 그럴 때 부모님들은 귀를 열어주시고 마음을 열어 주신다는 것을 배웠다.

지금도 부모 교육을 준비하고 또한 신입생 오리엔테이션을 준비하고 큰 행사들을 준비하다 보면 어김없이 나 대신 누가 해 주었으면 싶고 두려움이 마음속 깊이 올라오는 것을 느낀다.

피할 수 없으면 즐기라 했지 않았는가?

나는 피할 데가 없고 그래서 그 두려움을 즐기든지 극복해야만 한다.

혼자 PPT를 만들고 시나리오를 쓰고 전체 연출을 하는 나는 어느새 원 행사

전문가가 되어 있는 것 같다. 하지만 아직도 부족한 것들투성이임을 나는 잘 알고 있다. 그래서 성장하길 간절히 원하고 좋은 것이 있으면 담아 와서 우리 원의 부모님들께 제일 먼저 알려 드리고 싶은 나이다. 나의 두려움 극복은 매년 행사 때마다 반복이 된다.

하지만 이제는 그 두려움의 느낌을 당당히 받아들인다.

그리고 심호흡 한번 하고 기분 좋게 떨림을 즐긴다.

한 번도 떨지 않고 두렵지 않았던 것처럼…….

두려움 너머 호기심

내가 선택한 교육의 길. 난 그 위에서 내가 목표하는 많은 것을 이루었다. 무에서 유를 만들어 내듯 아무것도 모르던 겁 많았던 나는 이제는 무엇이든 하면 되겠다는 자신감이 생겨났다. 처음에는 교육의 대상자가 없어서 어떻게 하면 내 교육을 전달시킬까 전전긍긍하던 때가 있었다. 하지만 이제는 나를 믿고 내 교육을 믿고 졸업을 시키고 동생을 입학시키는 부모님들이 많이 계신다. 옆집에 아랫집에 아파트 한 라인에서 10곳을 추천할 만큼 마니아층이 생기면서 더 좋은 것을 주고 보답을 해야겠다는 생각으로 또 한 건의 큰일을 저지르고 말았다. 그것은 교육이 아닌 100평 규모의 키즈카페를 운영하게 된 것이다. 나는 10년 동안 내가 이루어낼 목표를 정해두었다. 교육 인원에 대한 것, 교육적 가치에 대한 것, 경제적인 것에 대한 것 나는 이 모든 것을 10년이 아닌 8년 만에 이루었다.

그런데 그렇게 가슴 설레며 목표 달성에 기뻐하고 싶지가 않았다. 왜냐하면, 그다음 목표가 나에겐 없었기 때문이다. 아니, 불안함이 밀려왔다. 그 막연한 불안함은 현실의 모습으로 나에게 다가왔다. 나라의 교육정책이 무상 교육 시대로 접어들고 있었다.

나를 믿고 내 교육을 믿고 더 이상 비싼 비용을 주고 오지 않아도 나라에서 무상으로 유치부 친구들을 동등하게 지도해 준다니 얼마나 고마운 일인가? 너무나 반가운 일임에도 불구하고 부모님들의 갈등이 말하지 않아도 전해져왔다. 나를 믿고 영재교육원을 졸업시키고 싶은데 남들은 무상 교육을 받게 된다니 어떡해야 하나 하는 마음들이 보이기 시작했다. 나도 따라서 같이 고민을 했다.

우리 학부모님들이 나를 믿어주는 만큼 내가 이분들에게 도움을 드리는 방법이 무엇이 있을까? 고민했다. 나의 수입원을 늘여봐야겠다고 생각하고 그 방법을 고민하던 중 어린이 키즈카페를 인수하여 운영하는 것을 선택했다. 내가 위치한 교육원 바로 옆 건물에 키즈카페를 인수했다.

내 오래전 소망 중의 하나가 카페를 하나 해 보고 싶다는 것도 있었기에 한 번 운영해 보겠다고 마음을 먹은 것이다. 위치도 멀지 않고 충분히 두 개를 함께 운영해도 버겁지 않을 듯하고 또 오래된 선생님께서 매니저 역할을 맡아서 관리해 주시기로 하셔서 용기 내서 인수했다. 새로운 일이 주어지니 내게 또 다른 목표가 생겼다. 내 수입의 일부를 떼내어 7세 무상 교육의 지원 혜택을 못 받는 우리 학부모님들을 지원해 드렸다.

유치원으로 가면 나라의 혜택을 받지만 내가 운영하는 영재원에서는 혜택을 못 받으니 내가 지원을 해 드리겠다고 마음을 먹었다. 그렇게 내 또 다른 소득을 아이들 교육을 지원해 주는 것으로 삼게 되자 참 고맙게도 한 명의 이탈

자도 없이 졸업까지 무사히 갈 수 있게 되었다.

그런데 그다음 해에는 4세 무상 교육이 지원되기 시작했다. 학부모님들은 교육비가 들지 않는 것에 대한 수혜 혜택을 버릴 수가 없었다. 처음으로 4세 반 정원을 다 못 채우게 되었다. 그리고 다음 해에는 전 연령대 무상 교육이 지원되었다. 그때야 비로소 깨닫게 되었다. 여기까지가 내가 해 줄 수 있는 한계라고. 이제 내가 목표했던 10년의 세월을 채웠으니 좀 쉬고 싶다고 생각했다. 그동안 크고 작은 일들 속에서 고비들을 많이 만나고 이겨냈지만, 이 큰 파도는 내가 넘을 수 있는 것이 아니라는 생각에 미치자 내 노력의 마침표를 찍고 싶어졌다.

그동안 너무 많은 것을 배웠고 너무나 가치 있는 깨달음을 많이 얻었다. 무엇보다 많은 것을 줄 수 있는 엄마가 되었고 내 아이들이 잘 자란 것만으로도 나는 만족했다. 또 다른 일이 주어져도 나는 이제는 무엇이든 할 수 있는 용기를 10년 동안 배운 거로 생각했다.

반별 학부모 간담회를 열었다. 맑은 눈망울의 친근한 어머님들의 눈빛을 마주하며 내 결정을 말씀드리고 누구나 동등하게 받을 수 있는 무상 교육의 혜택을 찾아가시도록 안내해 드렸다. 맑은 눈망울들에 근심이 비쳤다.

"원장님, 저희는 돈이 문제가 아니에요. 저희는 지원 안 받아도 되니깐 우리 아이들 졸업만 시켜주세요."

4세 반 학부모님들의 말씀이었다. 졸업까지 4년을 과연 내가 버틸 수 있을까? 그리고 우리 부모님들께서 지금처럼 버텨내실까? 돌아서는 내 등 뒤에 원망의 눈빛들이 와닿는 것을 느낄 수가 있었다. 누군가는 그랬다. 지금까지 일군 것 아까우니까 적당한 비용 받고 인수자 찾아서 넘기라고……

그런데 바보 같은 나는 그러고 싶지 않았다. 신뢰 하나로 지금까지 함께 해

온 우리 학부모님들과 아이들을 누군가에게 인계를 주고 책임감 없게 떠난다는 것은 하나의 돈벌이 목적으로 교육을 대하는 거로 생각했기 때문이었다. 나와는 맞지 않았다. 과감히 시점을 정하고 문을 닫았다.

키즈카페도 정리하였다. 투자 금액에 대한 손실은 엄청났다. 하지만 나는 생각한다. 내 인생에서 이렇게 값진 수업비를 치른 경험이 있었는지를……. 금액적인 부분을 떠나서 현실에서 부딪히며 느끼며 배우고 터득한 것들이 고스란히 내 머리와 몸속에 남아 있었다. 남자들이 그런 말을 한다. 군대를 갔다 오면 용기백배 뭐라도 다 할 것 같다고. 나에게 경험은 모든 불가능했던 것들을 가능하게 만들 수 있는 용기를 주었다.

나는 모든 것을 정리하고도 교육을 떠나지 못하고 아직도 유치부 친구들과 함께 생활하고 있다. 예전에는 특수 교육에 목말라 나만의 교육적 가치들을 만들어 나갔다면 이제는 보편적인 일반 교육을 하고 있다. 힘은 조금 덜 들지 몰라도 그래도 예전의 힘들었지만 부딪치고 배우고 많은 것을 주고자 노력했던 그 시간이 너무나 그립고 소중하게 남아 있다.

두려움으로 가득했던 내 삶을 호기심과 도전으로 살게 했던 지난날의 시간은 돈으로는 감히 살 수 없고 배우지 못할 큰 가치를 나에게 전해 주었다.

제4장
변화의 시간, 성장의 시간으로

간질간질. 겨드랑이가 가려웠다.

감추어진 날개가 돋아나고 있나 보다. 하늘을 날고 싶었다.

두려웠지만 날갯짓을 해보았다.

나는 하늘을 날고 있었다.

두렵기만 했던 그 하늘을……

그렇게 성장하는 나를 보았다.

성장은 부족함을 인정할 때
시작되는 것

인생의 큰 굴곡을 겪어본 사람들을 제외한 일반적인 사람들은 말한다. 남들 사는 것처럼 살았고 인생에 특별한 굴곡이 없어서 별로 이야기할 것이 없다고……. 내가 그런 사람 중의 한 사람이었다. 특별히 많이 힘들어 아파해본 것도 없었고 무언가 간절히 원했던 것도 없었으며 무엇이 되고자 죽을 만큼 노력해본 적은 더욱 없었다. 그냥 시냇물이 흘러서 강에 이르고 또 바다에 이르듯이 누구나 살다 보면 원치 않아도 거쳐야 하는 것들 그대로 겪으며 살아지는 거라고 인생을 쉽게만 생각했다. 초, 중, 고, 대학을 거쳐 직장생활에서 결혼까지……. 한 번도 막힘없이 흘러가던 삶을 살다 보니 무늬만 어른이었지 다 자라지 않은 내가 내 속에 있었을 것이다.

결혼 후 모든 것이 달라졌다. 직장 생활에 익숙했던 커리어우먼에서 경력단절녀인 전업주부가 되었다. 살림이라고는 모르는 게 당연했고 나만 꾸미고 살기에도 바빴던 미스의 삶에서 하나에서 열 가지 척척 해내야만 하는 아기 엄마, 전업주부의 삶으로 살게 된 것이다. 남편의 그늘에서 온실 속의 화초처럼 살겠다던 생각에서 깨어나 내 아이들에게 많은 것을 줄 수 있는 엄마의 삶을 선택해서 살게 되었다. 전업주부에서 원 경영자로 거듭나며 그렇게 내가 살아 보지 못한 삶에 부딪히며 나는 나의 가장 약하고 부족한 부분을 정확히 마주하게 되었다. 그냥 대충대충 남들이 살아가는 모습 흉내 내던 삶에서 내 온전한 모습을, 내 능력의 한계를 마주한 순간 넘어서고 싶었고 넘어서야만 했었고 채워나가고 싶다는 욕구가 처음으로 생겨나기 시작했다.

결혼 전에는 여성지에 자주 등장하는 성격 테스트를 하면 너무나 정확히 내 성격이 나왔다. 부끄럼 많고 소심하고 상처 잘 받는 전형적인 A형. 무언가 하고자 하는 것은 많아서 시작은 잘하지만, 끝까지 마무리하는 결실을 보지 못하는 성격. 바로 내 성격이었다. 돌이켜보면 새로운 도전과 시작은 참 많이 하고 살았다. 호기심이 많아서 마무리는 못 해도 한 번은 배워보고 싶고 경험해보고 싶은 잔잔한 것들은 많이 해 보았다.

그런데 그 마무리는 늘 흐지부지했고 끈기 있게 원하는 수준까지 성장하는 건 언제나 힘든 과제였다. 악기를 배우든, 운동을 시작하든, 만들기를 하든 항상 중간 포기가 많았다. 하지만 내가 그 배우는 과정들을 포기하더라도 내가 살아가는 데 아무런 지장이 없었기 때문에 크게 신경 쓰지는 않았다. 결과에 큰 기대도 없었을뿐더러 돌이켜보면 나에겐 간절함이라고는 찾아볼 수 없는 삶이었다. 이것 하다가 안 되면 그만이고 아니면 다른 것을 하면 되었으니깐 굳이 그렇게 힘들어하면서까지 완성을 해야만 했던 게 없었다.

내가 제일 힘들어하는 것은 운동이다. 예나 지금이나 동일하게 운동은 정말 어렵고 힘들다. 헬스클럽을 3개월 끊으면 일주일에서 열흘을 가면 많이 간 것이다. 악기 욕심에 기타를 사면 한 달 정도 레슨받다가 손을 놓는다. 십자수나

액자를 만드는 취미 활동을 하면 완성된 작품을 만나기가 쉽지 않았다.

오죽하면 등산마저도 나에게는 힘이 들었다. 왜 내려올 것을 힘들게 정상을 향해 걸어야만 할까 생각했다. 그랬던 나의 성격이, 부족하기 짝이 없는 내 모습이 현실의 어려움에 부딪히자 고스란히 보이기 시작하였다. 남편을 졸라서 보란 듯이 창업을 했는데 못 하겠다고 힘들다고 내려놓기에는 너무 자존심 상하고 부끄럽고 다시는 어떤 것도 설득시키기 힘들겠다는 생각에 있는 그대로의 나를 인정할 수밖에 없었다. 매일같이 부끄럽고 가슴 졸이며 상처받았지만 물러날 곳이 없다고 생각하니 버티든가 내가 성장하든가 두 가지 방법밖에는 없다고 판단했다. 못 내려놓게 되니 앞으로 나아갈 것만 생각하게 되었고 그 순간부터 나는 성장을 해야만 할 간절한 이유가 생겨났다.

우리는 인생을 살다 보면 간절하지 않을 때는 굳이 욕심내서 한걸음의 걸음이라도 더 내딛기가 어렵다. 나뿐만 아니라 누구든지 그러할 것으로 생각한다. 그 간절함이란 사람마다 다른 모습으로 다가온다. 간절함의 형태들은 모두 다른 모습이다. 어떤 이는 살아가야만 하는 생존이 될 것이고 누군가에게는 꺾이고 싶지 않은 자존심이 되기도 한다. 어떤 이는 누군가에게 말한 지켜야만 할 약속이기도 하다. 어떤 이는 사명감으로 간절함을 대신한다. 나에게 간절함은 나 혼자만의 계획이고 실행이었으면 지속이 어려운 일이었을 것이다.

두 아들의 엄마라는 내 위치는 예전의 내 모습과는 훨씬 다른 강한 나의 모습으로 만들어 주고 있었다. 지금 생각해 보면 어쩌면 그렇게 잘 버텨낼 수 있었을까 싶을 만큼 내가 참 대견스러울 때가 있다.

내가 책임질 두 아이가 있다는 것, 내가 혼자가 아니라는 것, 철없을 때처럼 하다가 말면 큰일 날 것 같다는 두려움. 나도 한번은 잘 참고 이겨내고 목표를 이룬 모습을 만나고 싶다는 욕심. 이런 것들이 어우러져서 나를 만들어 나갈 수 있게 해 주는 힘이 되었다.

모든 것이 부족함 투성이었지만 어느 날 잠들었다가 깨어나니 완벽한 내가 되어있는 것과 같은 그런 기적은 우리 일상에서는 절대 일어날 수 없는 일이다. 나에게 늘 부러움의 대상들은 많았다. 어떻게 저 사람들은 저렇게 안정된 원 운영과 상담, 신뢰감을 바탕으로 편안하게 교육적 가치를 알릴 수 있을까 싶어서 닮고 싶고 닮아가고 싶었지만 금세 내 것이 되지는 않았다. 그분들을 닮아가기 위해 벤치마킹하듯 흉내 내고 스스로 노력하면서 한 번에 한 가지씩 채워나갈 수 있음을 배웠고 그 채움의 과정 하나하나가 모여서 내 것이 되었고 내가 성장하는 힘이 되었다.

여성들이 다이어트를 목적으로 살을 빼겠다고 생각하면 아무리 노력해도 체중계의 바늘이 꼼짝도 안 할 때가 있다. 그러다가 어느 날 갑자기 500g에서 1kg이 훅 빠져 있는 경우들을 경험하게 된다. 그것은 저울의 눈금이 움직임이 없던 그 시기에도 몸은 조금씩 반응하고 있었다는 증거이다.

우리의 성장도 그러하다고 생각한다. '나는 왜 이렇게 잘 안 될까? 남들은 눈에 보이게 빨리 이루고 자기만의 결실을 만들어 가는데 나는 왜 안 되지?'라는 생각이 들 때 멈추어 버리게 되면 절대 성장의 시기를 만날 수 없다. 그런 생각이 들 때도 멈추지 않고 매일 한 걸음씩이라도 내디딜 용기만 있다면 거짓말처럼 어느 순간 오늘의 나보다 훨씬 성장한 나를 마주하는 감동의 시간이 분명 주어질 것이다.

나를 제대로 보지 못하는 교만함에서 우리는 벗어나야만 한다. 그리고 부족한 나의 모습을 인정하고 그 부족함을 채우기 위해 노력해야만 한다. 그 과정에서 만나는 모든 것들은 나를 성장시키는 에너지가 될 것이고 비로소 성장하는 나를 만나게 될 것이다.

못하는 게
너무 많았던 엄마의 바람

수학을 잘하는 사람들은 말한다. 힘들지만 계산을 통해 답이 나올 때의 심플한 희열을 좋아한다고. 나는 수학을 좋아했다. 전형적인 이과형 머리이다. 수학 이외 기타 이과 과목들은 이해가 참 빠르고 쉽고 재미가 있었다.

내가 가장 싫어하고 못 하는 것은 단연코 체육이었다. 운동장에 서 있는 것부터가 나에게는 제일 힘든 시간이었고 근력이 약한 나는 체육이 들어 있는 날은 마음이 무거워져서 학교로 향하는 발걸음도 무겁고 급기야 늘 배가 자주 아팠던 기억이 난다. 체육은 뭐 그렇다 치고 교과 과목 중 가장 힘들어했던 것은 역사와 세계사였다. 중학교 때까지는 고만고만 한국사를 달달 외워서라도 성적을 만들었지만, 고등학교 시절부터는 세계사를 못 하니 역사까지 따라서 내 발목을 잡았다. 뭐 그다지 공부를 열심히 하진 않았지만 그래도 내 성적을 주저앉게 만드는 두 과목이 나의 가장 큰 핸디캡이 되었던 것도 사실이다. 나이가 들고 엄마가 되어서 생각해 보니 독서량도 부족했고 넓게 보고 깊게 생각하는 습관이 나에게는 없었다. 그래서 결심했다. 내 아이들에게는 책을 많이 읽히고 사고력이 넓은 아이로 키워 내리라 마음속에 다짐했나 보다.

경제적으로 넉넉하지 않았던 외벌이 전업주부 시절에도 아이들에게 사 주고 싶은 책이 있으면 어떻게든 돈을 구해서 책을 사 주게 되었다. 육아 서적을 통해 배운 육아 교육법들을 하나하나 실천하며 내 것으로 만들어갈 때 가장 빠르게 받아들이고 적용해 보는 것은 무조건 언어적인 부분이 컸다.

아이들의 동화책을 읽어주기 위해 구연동화를 배우고 목이 아프고 피곤해도 하루에 정해진 시간에 꼭 책과 함께 놀이하였다. 책이 장난감이 되도록 늘 생활 속에 장난감보다는 책의 비중을 두었다.

다행히 아이들은 책을 좋아하고 엄마와 함께 읽는 책 읽기 놀이를 거부하지 않았다. 아이들의 독서력이 조금씩 성장하는 시점부터는 그동안 엄마의 한이 되었던 역사와 세계사의 이해를 돕기 위한 역사 서적들을 사 모으기 시작했다. 아이들에게 책을 읽어 주면서 깨닫게 된 것이 하나 있었다.

아! 내가 이 책들을 초등학생 때만 읽었어도 세상을 바라보는 눈이 참 많이 달라졌겠구나. 어쩜 이리도 재미있게 책이 읽힐까? 우리 아들은 절대 엄마처럼 역사를 힘들어하지 않았으면 좋겠다. 그러한 놀라움과 바람들을 담아서 아이들의 독서량을 쌓아 갔었다.

그래서였을까? 다행히 큰아들은 책을 읽는 독서량과 이해력이 높았고 결국, 완전한 문과형 머리가 되었다. 언어적인 이해력은 모든 과목의 기초가 되는 것을 이제는 모든 학부모님께서 알고 계신다. 언어적 이해가 빠른 친구들은 우뇌형들이 많다. 내 아들도 전형적인 우뇌형 머리가 된 것이다.

우뇌형들은 수학이나 과학을 어려워하는 경향이 있다. 아들도 어려워하던 수학이 자칫 수포자의 형태로 나타날까 걱정을 했었는데 학원이나 과외의 도움 없이 스스로 부족함을 알고 서서히 채워 나가는 아들의 모습을 지켜보면서 엄마로서 놀랍기도 하고 감사하기도 했다.

큰아이를 키울 때 엄마로서의 바람은 즐겁고 행복한 아이가 되는 것이었다. 모든 엄마의 바람이겠지만. 그리고 당장은 빛을 발하지 못하더라도 서서히 달궈지는 뚝배기처럼 대기만성형으로 성장하면 참 좋겠다고 매일같이 기도했다. 늘 아이가 일등만 할 수도 없고 늘 만족할 만한 결과들만을 만들어 내지 못할 때도 많다. 그럴 때 아이를 비난하거나 다그치기보다는 부모로서의 섭섭한 마음이 있더라도 한번 누그러뜨리고 이렇게 말해 주었다.

"수고했어. 최선을 다했다면 그걸로 끝. 엄마는 너를 믿어."

늘 부족함을 가장 절실히 깨닫는 것은 자기 자신이 되어야 함을 엄마인 나는 알고 있었기에 아이에게 이렇게 말해줄 수가 있었던 것일지도 모르겠다. 가장 간절한 것도 본인임을 알았기에 아이를 지나치게 다그치며 엄마의 욕심을 표현하지 않으려고 나름 인내했었던 것 같다. 아들은 기억할지 모르겠지만……

20대에 책을 읽다가 내가 좋아하게 된 여행 작가 한비야 씨가 있다. 그분의 책 '걸어서 지구 세 바퀴 반'을 읽고 넓은 세상에 대한 동경을 꿈꾸었다. 그분의 여행 체험 서적들은 세상에 대한 호기심을 열어주기에 충분했고 우물 안 개구리처럼 살았던 두려움 많았던 나에게 동기 부여가 되기에 충분했었다.

세계 지도를 아이들이 잘 보이는 벽면에 도배해놓았다. 한쪽 벽면에는 한국 지도를, 한쪽 벽면에는 세계지도를. 그리고 계획했다. 경제력이 허락되든 안 되든 아이들과 여행을 다니자.

세계에 대한 관심을 가지기 위해서는 이 세상이 얼마나 넓은지 한 번이라도 보여주고 꿈을 꾸게 하리라 마음먹었다. 초. 중. 고등학교 시절까지 아이들과 함께 떠나는 크고 작은 여행들을 참 많이 다녔다.

아이들의 기억 속에 남아있는 것은 부모와 함께 여행했던 기억들, 그리고 그곳에서의 추억들일 거라 믿었다. 어렴풋이 '아! 나 거기 다녀왔었는데……' 라는 생각만 가지더라도 친근감 있게 세상을 받아들이리라 생각했다.

많은 여행의 경험 덕분인지 아이들은 짐을 챙기고 길을 떠나고 낯선 길 위에서 새로운 경험을 하는 것들에 부담을 많이 갖지 않는다. 오죽하면 큰아들은 고등학교 2학년 제일 열심히 공부해야 하는 시기에도 가족과 함께 여행 가자고 할 때 흔쾌히 공부를 접고 여행을 떠났을까?

우리 가족의 여행은 늘 모두가 함께 공동체처럼 함께 움직이는 것이다 보니 절대 부부간에만 어디를 가는 적이 없었다. 지금은 아이들이 다 커버리고 각자의 스케줄이 더 바빠서 시간 맞추기가 힘들지만, 우리 가족은 힘들었지만 어렵게 계획하고 떠났던 그때의 여행을 기억하고 추억한다. 그리고 엄마처럼 세계사를 제일 두려워하고 그 두려움 때문에 공부하고 배우는 것을 힘들어하지 말길 바라며 부지런히 떠난 덕분에 지금은 전 세계를 두려움 없이 다닐 수 있는 아이들이 되었다.

사람들은 말한다. 아이들이 못 하는 것이 있다면 나중에 때 되면 다 할 거라고. 안 되면 다른 거 하면 되지. 너무나 쉽게 포기하고 쉽게 내려놓는 이야기들을 하신다. 물론 A가 아니면 B를 잘 하면 되겠지만 세상을 오래 살고 아이들을 오래 지켜보다 보면 하나를 성취하지 못하고 자존감이 떨어지는 아이들은 다른 B에 대해 두려움도 가지고 있는 경우가 있다.

그리고 아이들이 영역별로 부족한 것이 있다면 뛰어나지는 않더라도 모자라는 부분을 아예 포기하기 전까지 최선을 다해 다양한 자극을 주고 호기심을 갖도록 도와주어야만 하는 것이 부모와 교사의 역할이라고 나는 생각한다. 때가 되어 스스로 할 때까지 생각보다 너무 오랜 시간이 걸리기도 하기 때문이다.

내가 세상에서 제일 못하는 게 체육이라고 말하고 돌이켜 생각해 보면 나는 단 한 번도 운동을 부모님과 또래들과 어울려 재미있게 해 본 기억이 전혀 없다. 슬프게도 우리 시절의 부모님들께서는 자녀들과 놀아 줄 시간도 여유도 없으셨지만 그래도 운동장에서 마음껏 뛰어놀아본 기억이 없는 나는 아직도 운동과 관련되는 것에서는 자신감도 제로, 의욕도 제로이다.

요즘처럼 다양한 운동 프로그램과 유아 체육, 초등 체육들을 재밌게 접할 수만 있었다면 나도 잘하는 수준까지는 아니더라도 조금은 운동에 흥미를 느끼지 않았을까 싶다.

반대로 내 남편은 시골에서 태어나서 신나게 뛰어놀다 보니 가장 좋아하는 것이 체육이요, 가장 못 하는 것이 음악, 미술이다. 초등학교 때부터 피아노, 바이올린을 접하고 살았던 나는 음악이 너무 좋고 쉽게 느껴진 것에 비하면 남편은 음악에 대해 이해력이 부족한 것이 자신의 단점이라 말하고 특히 악기 연주에 대한 로망을 가지고 있다. 사람들은 충분히 경험해 보지 못한 것에 두려움은 누구든지 하나쯤은 가지고 있다고 생각한다. 그래서 아이들이 어렸을 때 많은 것들을 경험하고 자신이 잘 할 수 있고 즐겁게 할 수 있는 것들을 찾아갈 수 있게 해주고 싶은 것이 지금 우리 부모님들의 바람이고 역할이 될 것이다.

아이들을 잘 지켜보면 잘하는 것도 보이지만 정말 못하는 것도 보인다. 그럼 막연히 내려놓고 기다리기 전에 호기심을 가질 수 있는 자극을 주어보는 것은 어떨까? 조그만 자신감이 마음속에서 자라난다면 아이는 또 다른 도전에 두려움이 적어질 것이다. 아이들은 태어나면서 적성을 가지고 태어나기도 하지만 환경 속에서 적성이 만들어지기도 한다.

우리의 자녀들을 보라. 눈에 넣어도 아플 것 같지 않은 나의 자녀들의 적성을 개발해 주기 위해 얼마만큼 아이를 들여다보며 크고 작은 관심을 가져야 할까? 그 작은 부모의 노력과 정성이 아이의 성장하는 발걸음에 힘을 실어주기도 하고 발걸음을 무겁게 하기도 한다. 부모의 눈은 매의 눈이 되어야 하고 부모의 두 귀는 당나귀의 귀가 되어야 하고 부모의 머리는 솔로몬 같은 지혜를 가져야만 한다.

그것이 부족하다면 또한 노력하는 부모가 되어야만 한다. 왜냐하면, 아이와 함께 성장하기 위해서…….

계단 학습 효과

"엄마, 나 피아노 치기 싫어. 선생님이 너무 힘들게 시켜."

나의 둘째 아들은 이런저런 핑계가 참 많은 아이다. 큰아들은 듬직하고 끌어 주는 대로 묵묵히 따라오는 편이라면 둘째는 영민하지만, 잔꾀가 많고 약간은 고집대로 하는 경향들이 있다. 정말 그랬다.

어느 단계까지는 피아노를 쳐 주면 좋으련만 꾀를 부리는 모습을 보니 당장이라도 안치고 싶다는 것을 선생님 핑계로 만들어 전달한다. 누가 모를 줄 알고. 보통 일주일에 3번 정도 가는 피아노 학원을 안 가겠다고 이런저런 핑계를 대면 대부분 부모님은 어떻게 말씀하실까?

"하기 싫으면 하지 마."

"안 가면 학원비도 줄고 엄마는 좋지,"

"네가 그럴 줄 알았다. 늘 끝을 못 보고 중간에 포기하고 말이야."

우리 부모님들은 가끔 아이를 생각하는 척하시면서 쉽게 결론을 만들어 이야기해버리는 분들이 많다. 아이들이 이렇게 말할 때는 '나에게 한번 관심 좀 가져줘.' '나 힘들단 말이야.' 이런 뜻으로 받아들여 주면 참 좋은데……. 특히나 아버님들은 이렇게 말씀하기도 하신다. "애가 싫다는데 뭐 하러 시켜. 하고 싶은 거나 시켜 줘." 그럼 아이가 무엇을 간절히 하고 싶어 하는지 혹시 알고 그렇게 말씀하시는지 물어보면 또 그것도 아니다. 그냥 아이가 힘들다고 하면 무조건 시키지 말라고 하신다.

내 아들도 이렇게 말할 때 목구멍까지 올라오는 말들을 삼킬 때가 많았다. 사실 나도 영재 교육을 시작하면서 무수히 많은 교육을 받지 않았다면 내 생각대로 빨리 결론 내리고 내 입에서 나오는 대로 말하고 아이에게 상처 주는 말을 하고 내 감정을 다 쏟아내 버렸을지도 모르겠다. "그래, 너는 피아노에 자질이 없는 거로구나. 그럼 하지 마."처럼. 하지만 그렇게 말할 수가 없었다. 아들에게 엄마의 감정을 숨겼다. 목소리를 가다듬기 위해 숨 고르기를 먼저 했다.

"그랬구나. 피아노 치기가 많이 힘들었나 보다. 그럼 잠시 쉬어볼까? 그래도 지금까지 배운 게 있으니 끊지는 말고 일주일에 한 번만 쳐 보는 건 어떨까?"

아이의 감정을 읽어주고 결론은 아이가 내리도록 잠시 기다려 주었다. 아들은 투덜투덜 불편한 감정들과 힘들다는 핑계들을 이야기하지만, 엄마인 나는 꾹꾹 눌러 담으며 감정을 노출하지 않고 공감의 제스처로 맞장구를 쳐준다. 그러다 보면 아이는 불평이 조금은 누그러지고 그다음은 자신이 어떻게 할지 방향을 스스로 결정한다.

"그럼 나 일주일에 딱 한 번만 피아노 칠 거야."

아주 반가운 결론을 내려서 말한다. 얼마나 감사한가? 그래도 조금씩 쳐 보겠다고 하니 말이다.

"그래. 그게 좋겠다. 그럼 지금보다는 덜 힘들겠네. 조정해 보자꾸나."

그렇게 초등학교 시절부터 남들은 초고속으로 체르니를 뗄 때 우리 아들은 쉬엄쉬엄 놀아가며 체르니와 하농을 치더니 남들은 모차르트 곡 칠 때 뉴에이지와 세미 클래식 곡만을 치기 시작했다.

어차피 전공자가 될 건 아니니 너의 인생이 고달플 때 벗이 되어 줄 음악 하나는 가지고 가면 좋겠다는 생각으로 피아노와의 인연을 꾸준히 이어가도록 했다. 아이의 실력은 크게 늘지는 않았다. 하지만 피아노를 거부하지도 않았다. 그랬던 둘째 아들이 고등학생이 되고 공부에 스트레스를 받으면서부터 피아노를 갖고 놀기 시작했다. 그것도 혼자 악보 뽑고 혼자 연습해서 곡을 완성하며 성취감과 희열을 느끼고 있었다. 내가 언제 그랬냐는 듯이 피아노를 핸드폰 다음으로 사랑하게 된 것이다.

남들 한창 공부하는 고2 여름방학 때 노래를 듣고 악보를 그려보고 싶다고 한다. 물론 전공할 건 아니지만 궁금할 때 배워 보자는 생각으로 선생님을 만났고 아주 재미있게 청음으로 듣고 악보를 그려내는 방법, 반주하는 방법, 곡을 만드는 방법을 배웠다. 아들은 자신이 그린 악보집을 보물처럼 간직한다. 평생 가져갈 친구 같은 음악을 만난 것 같다. 아이에 대한 엄마의 바람이 이루어 짐을 느꼈다. 처음에 힘들다고 내려놓고 싶어 할 때 아이의 마음을 읽어주지 못했다면 지금의 피아노 사랑은 없지 않았을까? 조금 더디지만, 방법을 바꾼 것이 피아노를 끊지 않고 꾸준히 즐길 수 있는 계기가 되고 실력이 되었다.

큰아들은 엄마의 기대처럼 영재로 자라길 간절히 바랐다. 하지만 우뇌형 아들은 수학을 무지 싫어한다는 것을 초등학교 2학년 때 알게 되었다. 한번은 너무나 해맑게 학교생활을 이야기하는데 엄마인 나는 충격을 받았다.

"엄마, 나 오늘 수학 시간에 뒤에 서서 벌섰어."

"왜? 우리 아들이 벌을 섰을까?"

"응, 수학책 안 갖고 온 사람 뒤로 나가라고 했는데 내가 나갔어."

"왜? 책을 안 가져갔던 거야?"

"아니, 가방 안에 있는데 공부하기 싫어서 없다고 했어."

으앙. 이게 뭐지? 초등학교 2학년 수학이 어려운 것도 아니고 왜 수학이 싫은 거지? 이 아이는 벌써 수포자가 되는 건가? 아! 나는 이 아이를 도대체 어떻게 도와줘야 할까? 그때부터 아들에게 수학 자신감 붙이기 프로젝트를 만들었다. 일단 수학 관련 교구가 있으면 무조건 아들에게 해 볼 수 있도록 제공을 했다.

영재 교육원에는 교구가 참 많았다. 그 교구들은 아이들에게 수학을 놀이로 가르칠 수 있는 재미있는 교수법 중 하나이다. 그리고 수학 경시대회에 일 년에 두 번 나가도록 응원하며 자신감을 북돋워 주었다. 자신 없어 하던 아들이지만 한번 나가서 금메달과 상을 받아오고부터는 조금씩 흥미를 느끼기 시작했다. 초등수학이 어려우면 얼마나 어려울까? 아들과 문제를 풀고 응원을 하면서 실력 다지기를 도와주었다. 그리고 아들을 위해 초등 사고력 수학 과정을 엄마가 먼저 배우고 초등반을 구성해서 직접 가르치기 시작했다. 내가 내 아들만 앉혀놓고 가르치면 엄마의 욕심이 되겠지만 한 반을 구성해서 함께 수업하다 보면 구성원의 일원으로 아들은 쉽게 재밌게 잘 따라왔다. 그리고 교사로서 아들을 지켜보다 보면 우리 아들이 무엇을 잘하는지 어느 부분을 힘들어하는지 한눈에 알 수 있었다.

나는 아들 덕분에 초등 사고력 수학 선생님이 되었다. 초등, 중등까지는 엄마와 함께 만들어가는 수학 성적이었다면 아들이 고등학생이 되고부터는 도와줄 수가 없었다. 고등학교 수학을 접한 뒤 아들이 했던 말이 기억난다.

"엄마, 수학 잘하는 친구들은 머리가 타고났나 봐. 나랑 뇌 구조가 다른 것 같아."

나는 혹시나 아들이 수학을 포기하면 어쩌나 싶어서 개별적으로 도움받을 수 있는 학원이라도 알아봐 주겠다고 이야기했다. 아들은 자신의 힘으로 해 보겠다고 학원은 가지 않겠다고 선언을 했다. 그런데 난이도가 높아진 고등수학을 언어 이해력과 사고력 수학이 힘이 받쳐 주었나 보다. 아들은 수능 수학 성적 1등급을 찍고 졸업했다. 그것도 사교육의 도움 없이 오로지 학교 공부만으로……

우리는 산을 오르는 등산처럼 아이들의 성장 속에 계단과 같은 성장 곡선이 만들어짐을 잘 알지 못한다. 평지를 걷는 것처럼 밋밋하게 드러나지 않고 있다가 어느 순간 성큼 한 계단 뛰어오르는 성장을 해내는 아이들을 기억해야만 한다. 밋밋하게 재미없게 걷다가 시들해졌다고 힘들어졌다고 포기하는 것을 인정하고 받아들여 버리면 그다음 계단은 절대 점프해서 올라갈 수가 없다. 그리고 우리는 그냥 그 선에서 머물다 힘들게 내려놓거나 아니면 빠르게 포기하는 인성의 습관을 갖게 된다.

우리는 부모이기 때문에 아이들과 같은 감정으로 대해서는 안 된다. 객관적으로 아이들의 이야기를 들어주고 공감, 경청해주어야만 한다. 아이들의 가려운 곳으로 이끌어주고 다시 용기 내서 해볼 수 있게 응원하고 끌어주어야만 한다. 그런 부모의 노력과 아이들 자신의 노력이 합쳐졌을 때 점프해서 올라가는 하나의 계단이 완성된다.

우리들의 성장에 포기는 없어. 왜냐하면, 한 번뿐인 우리 인생이잖아. 단, 힘들다면 돌아가자꾸나. 그리고 점프해서 올라보자. 눈앞에 버티고 있는 것은 절벽이 아니라 계단이었거든.

아이들 앞에서 눈물 거두기

나는 유난히 눈물이 많다. 어렸을 때는 울보의 타이틀을 갖고 어른들의 놀림의 대상이 되었다. 뭐가 그리 울어야 할 일들이 많았는지. 슬퍼도 놀라도 억울해도 좋아도 서운해도 예방 주사를 맞아도 많이 울었던 내 모습이 기억 속에 있다.

대학 졸업 후에는 부모님 그늘을 벗어나서 생활하는 게 소원이었던 나는 서울로 첫 직장을 정하고 상경했다. 짐을 싸서 고향인 대구를 떠나는 날 아침부터 비가 내렸다. 차가 출발하고 유리창에 부딪혀 흘러내리는 물줄기처럼 나의 눈에서는 눈물이 멈추질 않고 흘렀다.

그렇게 간절히 원해서 집을 떠나는데 주체할 수 없는 눈물은 어김없이 내 약한 감정을 고스란히 드러내 보이고 말았다. 도착할 때까지 4시간 정도를 울었으니 말이다.

결혼식을 하루 앞두고 집안에는 멀리서 오신 일가친척들로 집안이 사람들로 북적거렸다. 내일 아침이면 일찍 메이크업을 받으러 집을 나서야만 한다. 이른 새벽 6시에. 내 방에 들어와 문을 닫았다. 작고 익숙한 내 방의 모습이 한눈에 다 들어왔다. 그런데 갑자기 주르륵 눈물이 흘렀다. 손때 묻은 내 방에서 마지막 잠드는 밤……. 나는 결국, 잠을 들지 못했고 다음 날 너무나 많이 울어서 퉁퉁 부어버린 눈으로 메이크업을 받으러 갔다가 엄청 욕을 먹어야만 했다.

"신부님이 왜 이러실까? 결혼할 거예요? 말 거예요? 이렇게 울고 오면 화장 하나도 안 먹히는데."

메이크업 받는 내내 미안해서 아무 말도 못 했다. 물론 메이크업 후 나의 모습은 신부 화장이라고 하기에는 좀 그랬다. 결혼식 사진을 다시는 안 보고 싶게 만들어 버렸으니.

결혼 후 첫 아이가 태어났다. 12시간 산고 끝에 내게 와 준 보물이지만 육아는 초보 엄마에게 모든 것이 서툴고 낯설고 두려웠다. 한 달쯤 지나 수유를 끝내고 내 품 안에 잠든 아이를 안고서 자장가를 낮게 불러주고 있었다. 주르륵 눈물이 흘렀다. 슬픔도 아닌 기쁨도 아닌 이유 모를 눈물이 자꾸만 흘렀다. 이 느낌이 뭐지?

내 어머니도 나를 낳느라 똑같이 고생하셨고 그러면서 나를 먹이고 이렇게 많이 사랑으로 키우셨겠구나. 그런 부모님의 마음을 처음 느끼게 되었다. 그리고 나에게 어쩜 이렇게 사랑스러운 아이가 선물로 내려왔을까 생각하니 너무나 감동이었고 내 품 안에 잠들어 있다는 사실이 믿어지지 않을 만큼 감사로 차올랐다. 그런 여러 가지 마음으로 아이를 안고 소리 죽여 눈물을 흘렸던 기억이 난다. 감사의 눈물을……. 고마움의 눈물을…….

큰아들이 집과 멀리 떨어진 김천고등학교에 입학하게 되었다. 입학은 3월이지만 자사고인 김천고에서는 겨울 학기제 시작을 1월 2일에 시작했다. 1월 1일 아들을 김천고등학교 기숙사에 데려다주고 돌아서서 나오는 길에 너무나 눈이 많이 내려 얼어 있는 기숙사 앞길을 조심조심 내려오다가 눈물이 흘렀다. 가슴도 먹먹했다.

내 눈에는 아직도 어리기만 한 아들을 낯선 곳에 내려두고 뒤돌아서는 마음이 하도 아파서 눈길을 걸으며 눈물이 나기 시작했다. 창원으로 내려오는 기차 안에서 얼마나 울었던지 주변 사람들의 시선에 나중에는 좀 창피하기도 하였다. 그러고도 일주일을 일상의 일을 해내면서도 쉼 없이 눈물이 흘렀다.

아들이 떠난 텅 빈 방을 볼 때도 눈물이 흘렀다. 바쁜 일상의 업무를 마치고 집으로 돌아와 저녁을 차리다 보면 엄마로서 아들에게 따뜻한 저녁 한 끼 해줄 수 없고 먼 곳에 보내 고생만 시키는 것은 아닌가 하는 미안함으로 일주일 내내 울고 다녔다. 나의 눈물샘은 어쩜 그리도 마르지 않는지……

슬픈 영화를 예약했을 때는 어김없이 손수건을 준비해야만 하는 나의 성격이 때로는 참 싫다. 누군가에게 억울해서 이야기할 때도 목구멍까지 차오르는 슬픔과 억울함 때문에 결국, 조목조목 해야 할 말을 잇지 못해 손해를 볼 때는 더욱더 속상하고 내가 싫었다.

그런 내가 갑자기 정신이 번뜩 드는 때가 한 번 있었다. 아이들의 교육과 나의 성장을 위해서 일을 선택하고 처음 일을 시작했을 때 모든 것이 안정이 안 된 일과 업무는 나에게 두려움 자체였다. 원아 모집도 힘들고 상담도 힘들고 교육과 육아를 병행하는 내 삶은 내 무덤을 판 것처럼 너무나 힘든 과정의 연속이었다. 나의 고통을 가족마저도 외면했던 시간이 있었다. 때로는 잠을 이루지 못해 아이들을 재우고 나면 혼자서 방을 나와 불도 켜지 못하고 의자 한구석에 앉아 소리죽여 울 때가 많았다. 아이들에게 들키고 싶지 않아서 밤이 되기를 기다려 혼자 슬픔을 토해내던 시절 그때 갑자기 인기척이 들렸다. 어둠 속에서 깜짝 놀라다가 가보니 7살 큰 아이가 문을 열고 나오지도 들어가지도 못하고 문틀에 서서 눈물이 그렁그렁한 채 우두커니 서 있었다. 너무나 놀란 나는 아들에게 물었다.

"아들! 왜 안 자고 나왔어? 울었어?"

그러자 아들은 눈물이 맺혀 곧 떨어질 듯한 얼굴로 천정을 올려다보며 말했다.

"아니, 하품해서 그래. 엄마."

가슴이 미어졌다. 누가 봐도 그건 하품을 하며 맺힌 눈물이 아닌 것을 이 아이는 엄마의 마음을 읽고 거짓말을 하는 것이었다. 엄마의 두려움과 슬픔이 어린 아들의 가슴에도 전해졌나 보다. 그때 나는 다짐했다. 절대 혼자서도 슬퍼하고 눈물을 보이지 말자고. 그러고 나서 더 많이 기도하고 긍정적으로 생각하기로 많이 노력하였다.

이후 어느 책을 읽다가 이런 구절이 있었다. 너무 아파하고 너무 힘들어하고 너무 많이 슬퍼하게 되면 좋은 기운도 오다가 돌아갈 수가 있다고. 적당히 강해지고 적당히 강한 척하며 살다 보면 나쁜 기운을 막을 수 있다고. 그래서 나는 강하지 않았지만 강한 척하며 살기로 마음먹었다. 특히 아이들 앞에서는 엄마로서 슬퍼하거나 약한 모습을 보이지 말자고 이를 악물고 노력을 했다.

물론 현실은 변함이 없고 힘든 것들은 여전하였지만 내 마음이 강해지려고 하니 눈물을 이겨내야만 했다. 그렇게 나는 조금씩 단단해지려 노력했었고 이제는 정말 조금 슬픈 영화는 손수건 대신 휴지 한 장 정도만 있어도 감정을 조절할 수 있게 되었다. 내 어린 아들의 눈에 맺힌 눈물 한 방울을 보면서 엄마인 나는 정신을 차리게 된 것이다.

너무 슬퍼하지 말자고, 그리고 너무 아픈 척 티 내지 말자고.

늘 내 감정에 지나치게 충실하고 정직하게 표현하고 살면서 그것이 당연하고 그냥 약해 보여도 그 또한 내 모습이려니 생각했었는데 아들을 위해 강한 엄마의 모습을 갖고자 노력하게 된 것이다.

큰아들은 참 이상하게도 그 사건 이후 20세 성인이 될 때까지 엄마 앞에서 눈물을 보인 적이 없다. 물론 크게 혼이 나거나 속상한 일이 없었을 수도 있지만, 때론 슬픈 영화를 함께 보더라도 나와 둘째 아들과 다르게 덤덤하게 보고 나오는 모습이 너무 감성이 메마른 것 아닌가 싶어 하루는 물어보았다.

"아들, 슬픈 영화 보면 눈물이 안 나와? 엄마는 참느라 고생했는데……"

"응, 나도 울었어. 가슴으로……"

그러면서 농담처럼 웃으며 말한다.

"남자는 태어나서 세 번만 울어야 해."

엄마의 슬퍼하는 모습을 보며 다시는 울지 않는 남자가 되겠다고 다짐을 한 건지 아들은 감정 조절을 심하게 하는 듯하다. 세상을 살면서 크고 작은 반전의 기회들이 있지만 나는 아들을 키우며 그리고 일을 하며 작은 것을 통해 참 많이 느끼고 깨닫고 배우고 있다.

나도 모르게 단단해지는 내 모습을 만나게 된 것이다.

이 모든 것이 아이들이 만들어준 내 모습이 되었다.

여자는 약하지만, 엄마는 강하다.

그 말의 의미를 이제는 잘 알 것 같다.

고통 속에서 희망 찾기

인생이 물 흐르듯이 잘 흘러가기만 한다면 과연 재미가 있을까?

늘 고민 없이 아무런 걱정 없이 사는 삶은 재미가 있을까?

돈 걱정, 일 걱정, 자식 걱정, 집안일 걱정 없이 산다면 좋기만 할까?

아이들이 아프지도 않고 고집도 안 부리고 시키는 것만 잘하면 걱정이 없을까?

답은 우리가 모두 알고 있다. NO라고. 내 생각이 부족하고 힘든 것을 이겨낼 용기가 없고 자신감이 없을 때는 모든 것이 불만투성이였다.

내 마음속에 불만과 원망과 두려움이 가득할 때는 모든 것이 내 탓이 아닌 남의 탓인 듯하고 남과 다른 힘든 상황, 불편한 상황들이 주어졌을 때는 참을 수 없을 만큼의 고통으로 다가왔다.

나는 열심히 사는데 왜 성과가 이것밖에 안 될까? 뭐가 잘못된 것일까? 남들은 가족들도 많이 도와준다는데 나는 왜 늘 혼자 모든 것을 다해 내고 책임져야만 할까? 다른 곳에 선생님들은 성실하고 좋아 보이는데 우리 원의 선생님들은 왜 내 말을 잘 안 들어 줄까?

부정의 시각으로 바라보는 세상은 늘 불평투성이였다. 그 불평은 화살이 되어 내게 쏙쏙 와서 박혔다. 내 가슴을 아프게 하면서……. 아무리 기도를 해도 기도의 내용은 구복적인 기도일 수밖에 없었다.

"하느님, 제게서 고통을 거두어 주시고 제가 하는 모든 일이 잘 되게 해 주세요."

"다음 달에는 원생 수가 늘어나게 해주시고 경제적으로도 힘들지 않게 해주세요."

그렇게 늘 구하고 기도하면서도 불평불만은 가득했다. 그런 내가 한 줄기 희망을 발견하게 된 것은 너무도 작은 깨달음이었다. 차가운 겨울날, 성당 미사를 마치고 차에 타서 시동을 거는 순간 하나의 생각이 머릿속에 흘러갔다.

"내가 부족한 게 뭐지? 나는 부모님도 양가 집안 모두 살아 계시고 남편도 있고 자녀도 있고 나의 일도 있고 건강도 있는데 뭐가 부족하지? 나는 모든 것을 가진 사람이구나. 나는 부족함이 없구나."

그 짧은 생각이 흘러가는 순간 어둠 속에서 빛을 만난 듯 마음이 평화로워지면서 감사함이 밀려왔다.

요즘 감사 일기를 쓰는 사람들이 많다. 나는 그렇게 노력을 기울이는 분들의 마음을 충분히 알고 있고 그 효과 또한 100% 자신 있게 말할 수 있다. 감사의 일기를 쓰고 기도를 하는 사람들은 삶이 어둠에서 밝음으로 슬픔에서 기쁨으로 불만에서 감사로 서서히 바뀌어서 결국은 절대 긍정의 삶의 태도를 보이게 된다.

그때 내가 그랬던 것처럼······.

나는 그때부터 아무것도 바뀌지 않은 현실이었지만 살짝만 방향을 다르게 생각하기로 하였다. 상담을 열심히 했음에도 불구하고 입학이 되지 않아 속이 상할 때도 생각했다. 업무적으로 최선을 다했음에도 불구하고 내가 의도하지 않은 방향으로 해결이 되었을 때도 생각을 했다. 남들은 쉽게 풀리는 상황이 내게는 너무도 어렵게 다가올 때도 생각했다.

분명 힘든 이 상황 속에는 나에게 주는 메시지가 있으리라고.

그 메시지의 의미를 받아들이자고. 고통과 어려움은 나를 성장시켜주는 디딤돌이 되리라고.

나는 힘든 어려움을 통해 매일같이 단단해지고 매일같이 성장하리라고.

10년만 버티면 분명 달라진 내가 있을 것이라고 그렇게 내 마음을 긍정의 자세로 바꾸기 시작했다. 이런 받아들임의 자세가 달라지자 조금씩 지혜가 생겨나기 시작했다.

벌어진 상황들에 대해 덜 억울하게 생각하게 되었고 때로는 힘든 상황을 성장의 기회라 생각하고 감사의 기도를 올렸다. 예전 같으면 울면서 하소연하고 불평했을 그 상황들이 이제는 참을 수 있었고 또 다른 기회를 기다리는 힘이 되었다. 내가 단단해지는 과정을 비로소 스스로 깨닫게 된 것이다.

나이를 먹는다는 것!

나는 나이를 먹으면 자연스럽게 지혜가 생겨나는 줄 알았다. 하지만 나는 느낀다. 지혜는 삶의 고통과 어려움 속에서 얼마나 겸허히 받아들이고 그 속에서 많은 깨달음을 내 것으로 만들었느냐에 따라 지혜의 깊이는 달라지는 것이었다.

머리로 받아들이고 공부로 배운 지혜는 언어로 풀어낼 수는 있어도 내 것이 아니다. 그래서 우리는 현실에서 경험으로 부딪치며 습득한 나만의 지혜가 필요한 것이다. 그것이 삶의 성장을 이루어주는 길이다.

이제는 알고 있다.

인생이 물 흐르듯이 쉽게만 흘러가지는 않는다는 것을……. 늘 고민 없이 아무런 걱정 없이 사는 삶은 즐겁지가 없다는 것을……. 돈 걱정, 일 걱정, 자식 걱정, 집안일 걱정 하나 없이는 절대로 살 수 없다는 것을……. 아이들이 아프지도 않고 고집도 안 부리고 시키는 것만 잘 하는 아이는 세상 어느 곳에도 없다는 것을…….

답은 우리가 모두 배워 가고 있다. 그리고 그 답을 찾은 사람들은 조금 더 여유로운 마음으로 자신과 자녀들의 삶을 대할 수 있게 된다.

인생은 정답이 없는 물음표의 연속이며 그 물음표의 답은 늘 내 안에 있다. 한겨울 차 안에서 나에게 다가온 답처럼……. 나는 일을 통해 성장하고 아파하면서 그 답들을 이해하고 받아들이게 되었다.

두 마리 토끼 잡기

내가 전업주부로 아이들만 키우다가 일을 하겠다고 가족들에게 선포했을 때 내가 가장 많이 들어야만 했던 말이다.

"적게 벌고 적게 써라."

"자식 잘 키우는 게 남는 거다."

오랜 세월을 자식만을 위해 살아오신 부모님 세대에는 맞는 말일지도 몰랐다. 나는 자식 욕심도 많고 교육 욕심도 많다. 또한, 해 주고 싶은 것도 많은 욕심 많은 엄마인 것을 부인하지는 않는다. 하지만 내가 노력도 해 보지 않고 다른 사람의 말만 듣고 쉽게 인정하거나 포기하기는 싫었다. 내 현실을 정확히 알게 되었고 그 현실에 맞춰서 아이들에게 해주고 싶은 것을 포기하면서까지 나중에는 미안해하는 엄마, 후회하는 엄마로 살기도 싫었다.

내 노력을 통해 당당히 아이들을 응원해 주는 엄마가 되고 싶었다. 그렇게 가족의 응원도 받지 못하고 시작한 일속에서 나는 배우고 일하며 아이들을 키워내야만 했다. 쉽지는 않았다. 일하면서 아이들에게도 잘할 수 있을 거라는 마음과는 반대의 현상들이 나타났다.

그나마 전업주부일 때는 먹거리 하나부터 내 손으로 제대로 챙겨 먹여야 직성이 풀리던 나였건만 일을 하면서는 아이들 간식거리 하나도 더 잘 챙겨 먹이지 못하는 못난 엄마가 되어 있었다.

핸드메이드 집밥에서 힘들다는 핑계로 외식과 인스턴트로 겨우겨우 아이들을 챙기는 내 모습을 보며 매우 미안하고 못난 엄마가 되어 가는 것이 스스로 못마땅했다. 남편 혼자 벌어도 넉넉하지 않은 살림이었지만 둘이 번다고 더 넉넉해지지도 않았다. 아니 더 쪼들리고 경제적으로 힘든 시간을 보냈다.

일을 반대했던 사람들이 보기에는 너무 당연한 결과이고 보란 듯이 나를 비웃기 좋은 상황들이 연출되었다. 하지만 물러설 곳이 없는 나는 스스로 강해지기로 마음먹었고 내 마음의 변화를 통해 두려움을 이겨내고 있었다. 시간은 오래 걸렸다. 조금 지루할 만큼 힘들게 견뎠다.

강해진 엄마는 바닥 같은 어두움을 서서히 벗어나는 방법을 배웠다. 나의 가장 부족한 부분을 그대로 마주하고 그 부족함을 채우기 위해 배우고 또 공부했다. 부족함을 열심히 채워나가야만 내가 버틸 수 있었고 지금보다는 한 뼘이라도 성장하고 싶었다. 그리고 현실 속의 어려움을 피하지 않고 그 속의 의미들을 배워가면서 내 것을 만들어 가야만 했다. 그때는 잘 몰랐는데 지나고 보니 매일의 작은 발걸음들이 모여 하나의 길을 만들고 있었던 것 같다.

처음에는 자신 없이 삐뚤빼뚤 내딛던 발걸음이 어느 날부터는 나도 모르게 씩씩하게 당차게 걸어 나가는 발자국을 만들고 있는 것을 보았기 때문이다.

공부하면서 배운 것들을 내 아이들에게 바로 적용할 수 있는 나는 참 행복했다. 늘 배우는 내 모습이 좋았다. 그 모습을 아이들이 지켜보고 있었으니깐. 그 배움을 통해서 깨닫고 적용하고 일속에서 성취감을 얻는 것이 좋았다. 조금씩 내 아이들에게 줄 수 있는 것이 많은 엄마가 되어 가고 있었다.

경제적인 부분도 조금씩 해결이 되었다. 배고픈 시절에는 과일 하나 마음 편히 넉넉하게 사 먹이지 못해 눈물 흘렸던 엄마였는데 이제는 조금씩 건강한 먹을거리를 찾아줄 수 있는 엄마가 되었다. 아이들에게 무조건 최고의 것을 줄 수는 없겠지만 엄마로서 마음먹은 대로 주고 싶은 것을 줄 수 있는 엄마가 되었다. 아이들에 대해 꿈과 계획도 그때부터 더 크게 자라나기 시작했다.

적게 벌고 적게 쓰고 집에서 잘 키워 보겠다고 아등바등 살 때는 꿈조차 꾸지 못했던 자녀에 대한 그림들을 그릴 수가 있었다. 큰 아이가 태어나서 한참 책을 접하던 시절에는 지방에서는 영어 도서 구하기도 만만치 않았다. 그때 생각했던 것이 하나 있다. 12년간 영어를 공부하고도 영어 울렁증 하나 극복하지 못하는 나처럼 키우지는 말아야겠다. 글로벌 시대에 맞게 아이들의 언어만큼은 힘들어하지 않게 만들어 주어야겠다. 그리고 그 언어적 자유로움으로 세상 어디라도 날아다닐 수 있는 날개를 꼭 달아주어야겠다. 그 날개를 달고 아이들이 세상을 향해 날갯짓하고 큰 꿈을 그리는 사람이 되었으면 좋겠다고.

엄마로서 아이들에게 주고 싶은 책들로 집을 도서관처럼 만들어 나갔다. 집에 TV는 없었다. TV는 안 사도 책은 원 없이 사 주었다. 사고력의 기초는 언어적 이해력이 바탕이 됨을 나는 알고 있었다. 큰아들은 어학연수도 초등 4학년, 6학년 두 번 경험하게 했다. 그 기회를 통해 아들은 고등학교까지 스스로 공부하는 힘을 만들었고 자사고 내의 학술 대회에서 입상하고 TED 발표를 전교생 앞에서 할 수 있는 실력을 갖추게 되었다. 사교육 없이 수능 영어 1등급의 성적과 함께 자신의 노력과 함께 엄마의 노력의 결실을 보여 주었다.

둘째는 초등학교 어학연수, 중학교 국제학교, 고등학교 유학 생활을 미국과 캐나다에서 하고 있다. 아이마다 다른 성향과 다른 성장 과정을 공교육의 틀 안에 맞춰서 키우고 싶지 않다는 엄마의 바람이었고 아들도 학교 교실 안에서의 공부보다는 다양한 경험을 하고 싶어 했다.

부모 교육에서 공병호 박사님은 이런 말씀을 하셨다.

"아이들에게 매일 라면을 끓여 먹일지라도 자녀가 나아가야 할 인생의 방향을 제시하고 만들어 줄 수 있는 부모가 진정한 부모이다."

나는 일을 통해서 나의 성장을 이루었고 그 과정에서 아이들의 인생 로드맵을 그릴 수 있게 되었다. 물론 자녀들을 지도하다 보며 다른 길로 갈 수도 있겠지만 큰 그림을 그려 놓고 일 년 단위로 징검다리를 놓아주듯 아이들의 길을 만들어주고 응원해 줄 수 있는 엄마라서 좋았다. 다행히 큰아들은 명확한 자신의 꿈을 가지고 자신이 희망하던 대학에 쉽게 입학할 수 있었고 둘째 아들은 캐나다에서 꿈의 징검다리를 건너는 중이다.

자녀들이 행복한 삶을 살아가길 바라는 부모의 마음은 누구나 동일하다고 본다. 하지만 자녀들이 행복한 삶을 만나게 하도록 우리는 부모로서 어떤 노력을 했는지 한 번쯤 생각해 보아야만 한다. 누구든지 주어진 24시간을 열심히 살아간다. 앞도 뒤도 보지 않고 아주 열심히 살아간다.

하지만 자녀를 위해서는 잠시 멈추어 서서 앞도 뒤도 옆도 돌아보았으면 좋겠다. 그래서 부모 교육이 필요하고 부모도 성장이 필요하고 부모도 배움을 통한 깨달음이 필요하다. 그 속에서 내 자녀의 행복한 삶을 간절히 바라며 아이들의 꿈의 로드맵을 그려 보았으면 좋겠다. 그 로드맵을 따라서 걷고자 할 때 그 길을 끝까지 걸어갈 수 있도록 응원해 주고 힘이 되어주는 부모가 되어야만 한다. 때로는 응원으로, 때로는 선행으로. 때로는 과감한 결단으로, 때로는 지혜로운 혜안으로.

하지만 돌아볼 여유가 없고 멈추어 생각조차 할 수 없게 만드는 현실 속의 부모인 우리는 너무 바쁘게만 살다가 어느 날 자녀들이 다 성장하고 나서 많이 후회하는 때가 있다.

"나는 너희들을 위해 최선을 다해서 살았는데 너희들은 왜 부모 말을 안 듣니?"

"왜 엉뚱한 것들에 정신이 팔려 공부를 안 하니?"

"내가 안 해준 것이 뭐가 있니? 밥을 안 먹였니? 옷을 안 입혔니? 공부를 안 시켰니?"

부모님들의 억울함 뒤에는 자녀들을 정확히 들여다보고 간절히 염원하며 아이들의 꿈의 다리를 만들어 본 적이 없다는 것이 문제다. 조금만 더 용기 내서 잠시만 깊이 생각해 보자.

내가 이 아이를 위해 더 노력할 것이 무엇인지?

더 용기 내서 살아야 할 것이 무엇인지?

앞으로 더 도와주어야 할 것이 무엇인지?

인생은 생각하는 대로 살지 않으면 사는 대로 생각하게 된다고 말한다.

우리의 생각은 우리의 마음과 머리를 지배하고 우리를 움직이게 한다. 물론 남들과 같은 삶도 나쁘지는 않지만 소중한 내 자녀를 위해 한 번쯤 남과 다르게 생각해보는 것도 자녀 성장과 부모 성장에 도움이 되지 않을까 하는 생각을 가지며 나는 오늘도 내 자녀들의 또 다른 징검다리를 준비하고 있다.

군군 신신 부부 자자

아들이 저녁 식사시간에 재미있다는 듯 이야기를 한다.

"엄마, 오늘 학교에서 이산가족에 관해서 이야기했는데 우리 가족은 이산가족인 것 같아."

"왜 그렇게 생각했어?"

"봐봐. 아빠는 대구에 계시고 형아는 김천에 있고 엄마와 나는 창원에 있고……. 우리 가족이 이산가족이지 뭐. 현대판 이산가족."

아들은 재미있다는 표정으로 밥을 먹으며 이야기를 한다. 나는 아들에게 이야기해주었다.

"그렇구나. 우리 가족이 현대판 이산가족이구나. 60년대, 70년대 대가족 중심에서 핵가족으로 변화하고 거기에 가족 구성원의 역할과 업무들도 많이 달라졌기 때문인 것 같아. 우리 가족도 각자의 미션들이 다 다르지. 아빠는 아빠의 일이 있어서 대구에서 열심히 일하시고 형은 꿈을 이루기 위해 집을 떠나 공부를 하는 것이고 엄마는 이곳에서 엄마의 일을 또 열심히 해야만 하고 너도 지금의 위치에서 열심히 공부하고 있잖니. 모두가 각자의 위치에서 각자의 일들에 최선을 다하는 거야. 꼭 같은 집에서 살아야만 가족의 모습은 아닌 거지."

그랬다. 우리는 가족이 완전체로 살아본 시간이 다른 가족에 비해 매우 짧다. 그래서 가족에 대한 생각이 다들 애틋하다. 서로 만나는 것만으로도 행복한 우리 가족이 되었다.

아이들이 어렸을 때는 한 집에 살았지만 일을 선택해서 내가 창원으로 내려오고부터는 오랜 시간 주말 부부로 지내야만 했다. 혹시 아빠의 빈 자리가 아이들에게 영향을 주면 어쩌나 많은 걱정을 했지만, 남편은 한 번도 빠지지 않고 매주 금요일 저녁이면 집에 와서 금, 토, 일 3일 동안 아이들과 많은 시간을 함께 보내고 최선을 다해서 아빠의 역할을 충분히 잘해 주었다.

아이들이 진로를 찾아 길이 나누어지면서 큰아들은 고등학교 시절 김천고등학교로 가게 되었다. 내 곁에 두고 늘 함께하고 싶은 것이 부모의 마음이겠지만 더 큰 꿈을 위해 과감히 새로운 환경을 선택하고 떠나 보내는 것도 부모의 역할이다. 그 새로운 환경은 아들을 성장시켰고 또한 내가 채워 주지 못하는 꿈의 크기와 방향성을 가르쳐 주었다. 지금은 이산가족이라고 말했던 둘째 아들은 더 먼 곳 캐나다에 있다. 성향이 큰아들과도 다르고 매우 느긋하고 느린 성격의 둘째 아들은 한국의 바쁘게 쫓아가는 교실 환경과 교육 과정에 의욕 없이 수동적으로 움직이는 것이 엄마로서 안쓰러웠다. 묻히고만 싶어 하는 내 학교 시절 모습과 너무나 닮아 있었다. 천천히 느리게 성장하고 싶어 하는 것이 눈에 보여서 어쩔 수 없이 또 다른 길을 선택하고 보니 이제는 정말 아들이 말한 대로 진정한 현대판 이산가족의 모습으로 살고 있다.

그래도 우리는 너무나 행복한 가족이다. 서로 만나면 너무 좋고 서로의 역할에 충실한 모습들에 응원하고 격려하며 가족의 사랑을 나눈다. 늘 옆에 끼고 있고 싶고 늘 함께하고 싶은 아이들이고 가족이지만 각자의 위치에서 해야 할 역할들이 서로 다름을 우리 가족은 충분히 이해하고 인정한다. 우리는 모두 각자가 해야 할 일이 다르고 각자가 이루어 나가야 할 꿈이 다르다. 그 속에서 우리는 모두 자기다움을 만들어 가야만 한다. 그래서 내가 좋아하는 말 중에 군군 신신 부부 자자 (君君 臣臣 父父 子子)라는 글귀가 있다.

임금은 임금다워야 하고

신하는 신하다워야 하며

부모는 부모다워야 하고

자식은 자식다워야 한다.

심플한 이 구절이 너무 좋은 것은 우리 각자는 각자의 자리가 있고 각자의 일이 있고 각자의 소임이 분명 있다. 그것을 잊지 않고 지키려고 노력할 때 나라도 평화롭고 가정도 평화롭고 서로의 삶은 가치 있게 완성될 것이기 때문이다. 각자의 위치에서 각자의 소임을 충실히 하지 못할 때 우리는 서로를 탓하게 되고 불협화음들에 힘들어한다. 가정도 부모가 부모의 역할을 다하지 못할 때 자녀들은 힘들다. 또한, 자녀들이 자신의 본분인 공부에 최선을 다하지 않을 때 부모는 자녀들을 질책하고 부부간에 갈등이 생긴다.

우리의 자녀들은 부모의 뒷모습을 보며 걷는다. 하물며 태어난 모습도 너무나 닮아있는데 매일 같이 밥을 먹고 대화하고 생활하다 보면 부모의 모습을 닮아가는 것은 너무도 당연하다. 부모가 부모다운 역할을 충실히 할 때 자녀는 자신의 역할을 충실히 해 나갈 것이다.

퇴근한 아버지는 너무도 힘들었던 하루를 TV 채널을 바꾸는 데 집중을 한다. 그러면서 아이들은 들어가서 공부하라고 하면 아이들은 문을 닫고도 불만이 생기며 딴짓을 하게 된다.

늘 가사에 시달린 엄마는 미용실에서 보는 월간 여성지 이외에는 책 한 줄 읽지 않으면서 자녀에게는 책 많이 읽으라고 하루에 몇 권 읽었는지 아이들을 체크한다.

자녀들은 처음에는 책을 보다가도 결국은 책을 멀리하는 성격이 되기도 한다. 부모는 집안에서도 핸드폰을 손에서 내려놓지 못한다. 업무 때문이기도 하고 편하고 익숙하기 때문이기도 하다. 자녀들도 그렇게 익숙한 것들을 내려놓기 싫다. 그러면서도 우리는 아이들의 손에 핸드폰을 쥐여주고 또 그것을 절제하도록 강요한다.

우리 부모는 자녀들의 거울이다. 우리가 열심히 사는 것과 함께 작은 것에 변화하려 노력하는 모습을 보여주었을 때 자녀들도 부모의 모습을 보면서 작은 걸음으로라도 변화하려 노력한다. 그 적은 노력의 발자국들이 모여 큰 그림을 그리게 된다. 누군가를 위한 것이 아니라 나를 위해서 노력하는 모습이 있어야만 자녀도 노력하는 자녀가 된다.

부모가 된다는 것……:

참 어렵고 힘든 일이다.

부모가 부모답게 잘 산다는 것……:

더 많이 어렵고 힘든 일이다.

하지만 이 어렵고 힘든 일을 이해하고 노력하며 자녀들과 함께 부모도 성장하려 할 때 자녀는 스스로 알게 된다. 자녀가 자녀답게 사는 모습이 어떤 모습인지를.

일부러 가르치고 끌고 가지 않아도 스스로 젖어 들고 스며들게 만드는 것이 각자의 위치에서 각자의 모습으로 부모답게 자녀답게 살아가는 것이다.

일 년을 열심히 잘 살아온 현대판 이산가족인 우리 가족은 12월 연말에 다 함께 모인다. 송년회 겸 신년회를 겸해 제야의 종소리를 기다리며 서로 이야기를 나눈다. 엄마 아빠는 와인 한 잔, 아이들은 치킨 한 조각이면 대화거리는 풍성하다. 올 한 해 잘 살아온 서로를 칭찬하고 또한 자신도 격려한다.

그리고 다가올 새로운 한 해 또한 각자의 위치에서 열심히 잘 살고 또 기분 좋게 만나자고 의지를 다진다. 그리고 새해, 새 학기 준비를 위해 또 우리는 그렇게 흩어진다. 이산가족의 모습으로……

하지만 외롭지 않다. 가족이 한 지붕 아래에서 살면서 으르렁대고 서로를 탓하는 것이 아니라 비록 몸은 각자의 위치에 있지만, 진심으로 마음 깊이 사랑하고 응원하며 지구 끝까지 서로의 편이 되어 응원해주는 힘이 되기 때문이다. 서로서로 위치를 잘 잡고 잘 살아갈 수 있도록 노력해야 한다.

그리고 탓하기보다는 위로와 격려가 되어야 한다.

각자의 위치에서 더 큰 힘을 낼 수 있도록.

부모는 부모답게.

자녀는 자녀답게.

내조의 왕, 외조의 왕

남편과 결혼을 결심한 이후 친구들을 만나 이야기를 나누다 보면 다들 나를 불쌍하게 쳐다보았다. 딸 여섯에 아들 하나인 집안, 그 집안에 시집가는 나. 듣기만 해도 숨이 막히는 조건이었다. 돈이 많고 적음을 떠나 하나의 조건만으로도 모든 여자는 숨이 막혀야 하는…….

나는 몰랐다. 그 조건의 무게를…….

결혼 전 남편과 이야기를 나누다 보면 가장으로서 외아들로서 무게감을 많이 느끼고 있었다. 간혹 그런 모습이 남편이 될 저 사람의 어깨에 너무나 무거운 짐이 될까 안쓰럽기도 하였다. 무슨 용기가 나서였을까? 철도 없었던 내가 그때 어떻게 이런 말을 했을까 싶다.

"너무 걱정하지 마. 살다 보면 다 해결될 거야. 그리고 기죽지 마. 남자는 돈을 좇아가면 안 돼. 많은 사람을 만나서 넓은 인간관계를 가질 수 있는 자리에 있어야 해. 그러니 걱정하지 마. 돈은 내가 벌어도 되는 거고 꼭 남자만 가족을 부양하라는 법이 있는 건 아니잖아."

지금 생각해도 무슨 생각으로 그런 용기 있는 말을 해 주었는지 모르겠다. 남편은 내 작은 말에 용기가 났을까? 우리는 결혼했다. 너무나 가진 것 없이 그렇게 결혼생활을 시작했다. 솔직히 내 마음속의 바람은 예쁘게 집안 살림 잘하는 현모양처가 되는 것이었다.

아침 일찍 따뜻한 아침 먹여서 출근시키고 깔끔하게 집안 정리하고 퇴근할 때 된장찌개 끓여 놓고 남편을 기다려주는 그런 아내의 모습으로 살고 싶었다. 그리고 절대로 남편에게 기세등등 대들지 않고 따지지 않고 햇볕처럼 따뜻한 아내의 모습으로 살고 싶었다. 아이들이 태어나기 전까지는 그런 모습도 가능했었다.

하지만 아이들이 태어나고 집안일들이 많아질수록 현실이 눈앞에 보이기 시작했다. 내가 바랬던 현모양처의 꿈은 어느새 먼지가 되어 날아가 버렸다. 가끔 다투기도 하고 가끔 우울증 환자처럼 기분의 변화도 많아지고 현실에 부딪히며 두 아이 키워가며 살아내기에도 하루는 바쁘기만 했다. 결혼과 현실이 다르다는 것을 몸소 깨우치기 시작한 것이다. 하지만 직장을 그만둔 이상 남편에게 내조하는 아내의 모습으로 살고자 했다.

한번은 온 나라가 힘들어하던 IMF를 맞았다. 나라가 어렵다니 애국하는 마음으로 집안에 모든 금을 모아 나라를 위해 썼다. 나라만 힘들어진 것이 아니라 우리 가정도 힘들어졌다.

남편이 참다 참다 결국 회사를 그만두게 되었다. 남편이 꾹꾹 참고 출근하며 힘든 내색 안 하려 노력하는 모습이 내 눈에는 보였고 너무도 안쓰러워 그렇게 힘들면 다른 일 또 있을 거라고 내려놓으라고 했던 이야기를 바로 실행했던 것이다. 하루아침에 우리는 실직 가정이 되었지만, 아직 젊고 할 일이 있을 거로 생각했다. 힘들면 본인이 가장 힘들 거로 생각하고 싫은 소리 한번 안 하고 격려해주었다. 남편은 지금도 가장 고마워하는 것이 그때인가 보다. 실직 가장으로 직장을 잃고 왔었지만 아무 소리 안 하고 이해하고 받아주고 기다려주었던 것.

늘 감사하다고 말해준다. 하지만 사실은 나도 매우 두렵고 걱정이 되었다. 아기들은 둘인데 한 달 월급이 꼬박꼬박 들어오다가 수입이 끊어지니 생활이 막막해졌다. 무엇을 어떻게 줄여 써야 할지 걱정이 태산이었다.

더 이상 줄일 게 없는 살림이었지만 일단 먹는 것을 줄였다. 은행에 가서 현금으로 1,000원짜리 지폐를 30장 바꿔서 집안에 두고 마트에 장을 보러 갈 때 현금 3,000원만 주머니에 넣고 갔다. 바구니에 식재료를 담으며 계산을 했다. 3,000원을 초과하면 바구니에 담지 못했다. 손은 떨리고 마음은 아팠지만 내가 받아들일 현실이었기에 남편을 탓하지 않았다.

안쓰러운 남편에게 내가 더 큰 도움이 되지 못한다는 것이 더 미안했다. 아마 내가 더 독하게 일을 선택하고 싶어 했던 것도 이런 경제적 어려움을 겪었던 것이 계기가 되지 않았을까 싶다. 그렇게 우리는 두 아이를 키우며 왕후의 밥, 걸인의 찬이었던 밥상을 행복하게 받아들였다.

그 후 남편은 또 다른 일을 선택했고 우리 가족을 열심히 부양하였다. 하지만 내 눈에는 그 일이 안정되고 평생 가장으로서 해야 할 일이 아니라고 판단했다. 내 기준에 내 남편은 돈을 벌기 위해 일하는 가장이 아니라 많은 사람을 만나고 사회성을 넓혀갈 수 있는 곳에 가야만 한다고 생각했다. 그래서 더 큰 직장에 들어가길 원했다.

내가 7년의 전업주부 생활을 끝내고 일을 선택해서 나왔을 때 남편은 외적으로는 도움을 주었지만, 진심으로 나를 응원해 주고 격려해 주지는 못했다. 차라리 네가 얼마나 잘 해내나 보자. 언제 백기를 드는지 지켜보겠다는 느낌이었다. 서러웠다. 나는 남편이 힘들었을 때 온 마음을 다해서 응원해 주고 기다려주었건만 남편은 마음 따뜻한 응원의 한마디 해 주지 않았다. 더 크게 결과를 만들어 내지 못하는 나를 다그치기도 했었다. 참 많이 울었던 기억이 난다. 하지만 나를 지켜보는 내 아이들을 위해 나는 노력했고 나는 미약한 걸음이지만 지치지 않게 걸을 수 있었고 나의 일속에서 성과들을 얻기 시작하였다.

내가 이루어낸 결과물 앞에서 남편이 달라지기 시작했다. 나를 믿어 주었고 마음으로 응원해 주는 모습을 보여주었다. 남편의 인정을 받으니 힘이 났다. 더 잘 하고 싶다는 생각이 들었다. 아이들이 선생님께 칭찬받으면 더 열심히 공부하듯이……. 일하는 아내는 늘 바빴다.

교육도 많고 해야 할 일들도 많았다. 남편은 묵묵히 주말이면 아이들을 잘 챙겨주었고 아빠의 자리를 든든히 지켜 주었다. 내가 공부하고 싶어 하는 것에 대해서는 어디든지 갈 수 있도록 배려해 주었다.

감사하게도 남편의 도움은 큰 힘이 되었다. 내가 하는 큰 행사들에는 어김없이 시간을 내서 도와주러 왔다. 부모 교육 때 외부 강사가 공항으로 오게 되면 공항에 픽업하는 일부터 행사 전체 크고 작은 일까지 야무지게 도움을 주었다. 몇 년을 우리 영재원에 다니신 부모님들은 남편의 얼굴을 모두 알게 되고 인사를 나눌 정도가 되었다.

그렇게 원 운영에 도움을 주던 남편이 하루는 너무도 진지하게 의견을 물어 왔다. 주말부부도 힘들고 일도 힘드니 함께 원 운영을 해 보면 어떨까?

나는 대답을 하지 않았다. 남편의 크고 작은 도움이 내게는 큰 힘이 되었지만, 나의 일을 함께하는 것은 남편의 두 날개를 내가 가지는 것과 같았다. 그러고 싶지 않았다. 남편은 실망하고 내게 말했다. 당신은 내가 곁에 오는 것이 싫은 거냐고……. 내 마음을 알리고 싶어서 무겁게 입을 열었다.

"그런 건 아니야. 하지만 나는 당신이 있어야 할 자리가 있고 내가 있어야 할 자리가 있다고 생각해. 같은 자리에 있다가 힘들어지면 서로를 탓하게 될 것 같아. 힘들지만 새롭게 날개를 펼 수 있는 곳이 분명 있을 거야. 그리고 늘 말했듯이 돈보다는 많은 사람을 만나고 남자로서 인맥을 넓힐 수 있는 곳에 있었으면 좋겠어. 나이가 들수록 사람이 재산이 될 거야."

고맙게도 나의 간절함이 기도되었는지 남편은 내가 바랬던 직장에 들어가게 되었고 지금도 훌륭하고 좋은 사람들을 많이 만나고 업무적으로도 인정을 받고 있다. 자신의 자리를 잘 찾아간 남편이 감사할 뿐이다. 지금은 남편 주변의 인맥을 보면 너무나 좋은 분들이 많아서 인맥 부자라는 생각이 든다. 내가 바라던 대로 이루어진 것이다. 돈보다는 사람 부자로 살았으면 하는 나의 바람대로.

기본적인 성실함과 인성을 인정받아 직장 내 자리매김한 남편은 정년이 보장되는 안정된 일 속에서 이제는 나와 같은 성장의 꿈을 꾸며 대학원 공부도 열심히 하고 짬짬이 실무 경험을 바탕으로 강의도 한다. 지금까지의 경력 속에서 얻은 많은 노하우들을 자라나는 후배들에게 전해줄 수 있는 멋진 리더가 되리라고 나는 내 남편을 믿고 또 응원한다.

나는 내조의 여왕을 꿈꾸었다. 내조의 여왕은 못되어도 비슷하게 코스프레라도 하려고 노력하며 살고 있다. 남편의 일에 대해서 간섭하고 참견하기보다는 인정하고 기다려 준다. 참 감사하게도 남편은 그것에 대해 고마움을 가끔 이야기해준다. 고맙다고…….

남편은 내게는 참 훌륭한 외조의 왕이다. 비록 처음 일을 선택해서 나왔을 때 나를 힘들게 했던 부분들은 있지만 그래도 내가 일어설 때까지 잘 기다려 주었고 이제는 너무도 많은 응원과 격려를 보낸다. 오랜 주말부부 기간을 걱정 해주는 사람들도 많은데 우리는 너무나 훌륭하게 각자의 일 속에서 열심히 잘 살고 있다. 서로를 응원하면서.

남편의 응원은 매일 아침 9시에 들어오는 문자로 시작한다. 하루도 빠지지 않고 보내는 문자 메시지는 출근해서 커피 한 잔을 앞에 두고 아내에게 힘이 될 말을 찾아 보내는 것에서부터 시작되었다. 때로는 나에게 위로가 되기도 하고 때로는 나에게 힘이 되기도 하고 때로는 나에게 달콤한 사랑의 메시지가 되기도 한다. 그 짧은 문장의 힘은 나에게 매일 먹는 비타민이 되어 주었고 그 힘으로 하루를 버텨낼 수 있었다. 내조의 여왕보다 더 큰 외조의 힘이 나를 살게 하였다.

자녀의 로드맵을 그리다

누군가 왜 일을 하세요? 라고 질문한다면 나는 이렇게 대답할 것 같다.

"내 아이들의 성장을 돕기 위해 일을 합니다. 그리고 나의 성장을 위해 일을 합니다."

내가 선택한 일속의 첫 번째 이유를 달성하기 위해 아이들을 위한 진로를 일찌감치 오랫동안 고민하고 또 고민하였다. 내 기억으로는 아이들이 유치부일 때부터 진로와 성장을 위한 계획을 세웠던 것 같다.

아직은 아이들의 성향과 역량과 기질을 정확히 파악하지 않았기에 큰 그림만 그려보았다. 초등학생 때,

① 체험 활동을 많이 한다.

② 예체능 중 좋아하는 것을 찾고 꾸준히 지속해서 할 수 있는 한 가지를 찾아 준다.

③독서는 무조건 많이 한다. 다독과 정독을 병행한다.

④학교 공부를 반 학기 선행만 유지한다. 너무 빠른 선행을 시키지 않는다.

⑤수학은 사고력 수학으로 이해력을 높여준다.

⑥영어는 국내영어 캠프 1회 이상, 해외 영어 캠프 1회 이상 경험시켜준다.

⑦부모와 함께하는 여행을 반드시 연 2회 이상을 한다.

중학교 때,

①교과 중심 예습과 복습 습관 유지를 도와준다.

②학원 수업 없이 학과 보충은 인터넷 강의로 가정 학습을 한다.

③방학 기간에만 부족한 부분 보충을 위해 개별 지도를 받는다.

④수학은 방학 중에만 다음 학기 준비를 한다.

⑤부모와 함께하는 여행 국내 1회, 해외 1회 이상을 한다.

고등학교 때,

①자사고를 선택하고 진학을 도와준다.

②주도적 학습을 응원한다.

③부족한 부분만 과목 인터넷 강의로 보충한다.

④성적으로 아이를 나무라지 않는다.

⑤늘 응원과 격려만 해 준다. 간섭하지 않는다.

⑥진로는 본인의 의견을 따라준다.

⑦진학 컨설팅을 꼭 받는다.

감사하게도 큰 그림을 그리듯 규칙을 정하고 보니 세부적인 계획만 조금씩 수정하며 아이들을 끌어줄 수 있어서 좋았다. 초등학교 시절은 경험과 체험이 가장 중요한 시기이다.

공부보다는 경험 위주였다. 아이들과 시간이 허락될 때는 어디라도 함께 다니며 많은 것들을 보여주고 경험시켜 주려고 노력했다. 학교에서도 아이들이 제일 많이 참여하는 단체활동인 아람단 활동을 시켜주었다. 작은 아이들이 어울려 단체생활과 사회성을 익히기에 좋은 프로그램이라고 생각했다.

학교 공부와 관련되는 학원은 보내지 않았다. 엄마가 충분히 끌어주고 도와줄 수 있는 부분이었기에 공부는 따로 가르치지 않았다. 예체능 중 아이들이 어떤 것을 좋아할지 몰라서 이것저것 처음에는 다양하게 경험을 시켰다. 남자 아이만 키우다 보면 당연히 태권도 도장을 보내는 것이 관례라고 생각을 하는데 아쉽게도 나는 아들만 둘임에도 불구하고 두 아들 모두 태권도장을 보내지 않았다. 아이들의 성향이 지나치게 활동적인 것과 맞지 않는다는 나의 견해와 아마 내가 제일 싫어하는 것이 체육이다 보니 별로 중요성도 못 느꼈을 수도 있다. 아이들에게 조금 미안하기도 해서 '엄마가 보내줄까?'라고 물어보면 안 가도 된다고 말하는 아이들의 의견을 나는 믿었다.

대신 음악은 꾸준히 시켰다. 중간중간 아이들이 힘들어할 때도 분명 있었지만, 악기 하나는 힘들고 긴 공부 인생의 친구가 되길 바라는 마음으로 중학교 시기까지 꾸준히 개인 레슨을 받았다. 지금 대학생, 고등학생인 두 아들은 음악을 좋아하고 즐기면서 피아노를 매우 잘 연주한다.

책은 아낌없이 투자해 주었다. 과자 사 먹일 돈은 없어도 책은 사 주었다. 바쁜 엄마인 관계로 도서관 나들이를 자주 갈 수 없다 보니 집을 도서관처럼 꾸몄다. 아이들이 크면서 이사를 두 번 정도 하게 되었는데 이삿짐 아저씨들이 무척 싫어하셨다. 이 집은 가구도 별로 없고, 그릇도 별로 없고, 옷도 별로 없는데 책이 너무 많아서 무겁고 일이 많다고 하신다. 이삿짐 기사님들께서 싫어할 만한 게 내가 아이들을 위해 사 모은 책들은 집에만 3,000권 이상이 되었던 것 같다.

언어 영역의 이해는 아이들에게 매우 중요함을 충분히 알고 있었다. 왜냐하면, 아이들에게 사고력 수학을 지도하다 보면 수학의 연산은 잘하는데 긴 문장의 사고력 수학만 유난히 약한 친구들이 있었다. 그런 친구들을 보면 책을 가까이하지 않는 경우가 많았다.

교과 위주의 학교 공부는 조금 느리게 따라가도 된다. 내가 중요하게 생각하는 교육은 깊이 있는 이해력과 사고력 교육이었다. 당장은 학교 점수에 반영되지 않지만, 과목별로 점점 어려워지는 시점이 되면 그 깊이를 따라갈 힘을 키워주고 싶었다. 그래서 선택한 것은 책 읽기와 사고력 문항 다루어 보기를 꾸준히 습관처럼 해볼 수 있도록 도와주는 것이었다. 초등학교 성적 100점과 80점은 크게 차이가 나지 않는다.

아이들을 힘들게 잡을 이유가 없다. 그 20점을 채우기 위해 학원을 보내는 것은 가장 어리석은 부모라고 나는 생각한다. 대신 아이가 부족한 20점이 어느 부분에서 오는지를 부모인 우리가 충분히 파악한 후 해결할 힘을 키워 줘야만 한다. 그것이 교육하는 우리들의 역할이고 부모님의 역할이다.

영어는 적절한 시기에 몰입 교육이 학원 10년 교육보다 나으리라 판단했다. 그래서 매일 가는 학원보다는 주 2회 정도만 갈 수 있는 학원을 선택하든지 아니면 가정학습을 할 수 있도록 도와주었다.

영어의 기본만 이해하고 관심만 떨어뜨리지 않은 상태에서 초등 4학년, 6학년 여름방학을 최대한 이용하여 6개월 정도 영어에 대해 몰입 교육을 해 주었다. 아이들의 머리는 스펀지와 같아서 한국말이 들리지 않는 환경에서 두려움을 넘어 자신감을 얻어왔다. 덕분에 큰아들은 중학교 3년, 고등학교 3년 동안 영어 학원은 다니지 않고도 수능 1등급과 교내 TED 발표를 해낼 수 있는 자신감과 실력을 갖출 수 있게 되었다.

가족여행은 자녀와 함께 할 수 있는 최고의 선물이라고 생각한다. 그래서 아빠의 휴가와 나의 방학이 만나는 7월 말이 되면 모든 일을 멈추고 아이들과 함께 하는 시간을 반드시 가졌다.

꼼꼼한 성격의 남편은 아이들의 어렸을 때는 여행의 주제를 정해 아이들에게 교육적인 장소들과 체험하고 경험할 수 있는 여행지로 스케줄을 만들어오곤 하였다. 아빠의 사랑과 아이들에 관한 관심이 묻어나는 시간은 여행의 또 다른 추억거리들을 만들어 주었다. 아이들은 부모와 함께하는 시간을 추억 속에 저장한다. 그곳이 어떤 곳이든 모든 것이 즐겁고 재미있고 좋기만 할 나이이다.

그 시간을 헛되이 보내고 싶지 않았다. 여름의 여행이 끝나면 봄 방학 기간에는 새 학기 준비를 위한 충전 여행도 함께 하였다. 짧은 일정이지만 아이들은 늘 행복했고 늘 그 속에서 건강하게 자라 주었다.

지금은 각자의 스케줄들이 바빠서 모두가 함께 여행하기엔 어려울 때가 더 많지만, 그 시절 엄마가 계획하고 짜놓은 로드맵대로 아이들과 함께 공유했던 여행의 즐거운 추억들은 너무나 소중하고 감사한 시간이 되었다. 우리가 가족으로 공동체로 함께 할 수 있는 공통분모를 잊지 않게 해 주었다.

하루는 초등학생이 된 둘째가 학교에서 돌아오더니 이렇게 말한다.

"엄마, 창원에는 왜 지하철이 없어? 그리고 육교도 없어. 나는 그거 보고 싶은데……"

그리고 보니 신기하게도 창원에는 지하철도 없고 육교도 없었다. 우리는 생각 없이 익숙하게 다녔던 길 위에서 아이가 한 번도 보지 못한 것들이구나 싶었다. 아이는 체험하지 못한 이 두 가지가 많이 궁금하고 직접 타 보고 싶고 눈으로 보고 싶었나 보다 싶어 당장 주말에 서울행 기차표를 끊었다.

그 당시 우리가 살던 집이 진해에 위치해서 우리는 밀양까지 새마을호를 타고 밀양에서 서울까지 KTX를 탔다. 서울에서는 당연히 지하철을 탔다. 그리고 육교도 걸어 보았다. 서울은 육교도 참 많았다.

내려올 때도 원 없이 기차를 타고 지하철을 타 보았다. 아들의 얼굴엔 이제는 궁금하지 않음'이라고 적혀 있는 듯 피곤함이 묻어났다. 온 가족이 아들의 말 한마디에 온종일 땅 위로 땅 아래로 기차만 타고 다녔으니 얼마나 피곤했을까? 물론 그때는 서울에 결혼식이 있어 가는 길이었지만 아들의 궁금함을 충분히 풀어줄 수 있는 하루가 되어서 엄마인 나는 행복했다.

지하철 체험 이후 둘째는 또 다른 궁금함을 제시하였다.

"엄마, 비행기를 타면 밥도 준다는데 나는 주스만 마셔 봤고 밥은 못 먹어 봤어. 나도 비행기 안에서 밥 먹어 보고 싶어."

우리 가족은 당장 5월 연휴에 넘어가는 중국행 비행기 표를 끊었다. 남편의 오랜 친구가 살고 있어서 부담 없이 친구 집으로 행선지를 정하고 관광은 가서 해결하기로 하고 중국 상해로 날아갔다. 기내식에 궁금함을 가진 아들은 너무나 흥분된 모습으로 식사를 맛있게 먹었고 사진으로 인증 샷을 남기기까지 하였다. 아이들의 이런 모습을 지켜보는 것이 엄마에게는 너무 행복했다. 부모로서 아이가 궁금할 때 무언가를 채워 줄 수 있는 부모가 되어감이 너무 좋았다. 아이들의 호기심을 채워주고 흥분해 하고 만족해하는 모습을 지켜보는 것은 내가 일을 선택하고 열심히 사는 이유 중의 가장 큰 이유가 되었다.

이렇게 지하철이 궁금하고 기내식이 궁금했던 아들은 이제는 혼자서도 전

세계를 마음껏 돌아다닐 만큼 아주 의젓해졌다. 이제는 잠이 더 좋아 기내식을 건너뛰기도 하고 비행기 그만 타고 싶다고 할 만큼 자유롭게 하늘을 날아다닌다. 언어까지 유창하게 되고 보니 몇 번씩 환승하는 미국행 비행기도 어렵지 않게 잘 찾아다니는 것이 성장하는 아들을 지켜보는 엄마에게는 신기하기만 하다. 예전엔 엄마에게 껌딱지였고 항상 궁금해서 조르는 게 많았던 아들이었는데 청출어람이 이런 것일까?

자녀들에 대한 로드맵. 처음부터 구체적으로 짜지 않아도 된다. 하지만 내 자녀가 어떻게 성장했으면 좋겠고 어떻게 도와주며 이끌어 주어야 할지를 미리 한번은 깊이 고민해 볼 필요가 있다. 우리는 가끔 우리 삶이 고단하고 바빠서 다음에 여유가 되면 함께 해야지, 다음에 기회가 되면 함께 해야지. 나중을 위해서 지금을 희생하고 옆도 뒤도 없이 앞만 보고 걸어갈 때가 많다. 하지만 우리 인생에 나중은 없다.

늘 현재만 있다. 아이들은 어느새 다 성장해 버린다. 그때는 같이 하자고 해도 자녀들의 협조가 힘들 때가 있다. 그 아이들도 바빠지기 시작하니깐……

아이들이 더 많이 성장하기 전에 부모와 자녀가 함께 할 것들을 계획하고 로드맵을 꼭 그려보자. 부모와 함께했던 추억을 물려 주는 것은 수십억의 재산을 물려주는 것보다 더 큰 가치가 있으니깐.

제5장
내가 얻은 지혜
그리고 나누고 싶은 생각

엄마는 너희들을 키웠지만

너희들은 엄마를 성장시켜 주었구나.

이제는 엄마가 너희들을 키우면서

그리고 일하면서 배우고 느끼고 깨달은 것들을

많은 사람과 공유하고 나누며 살아갈게.

엄마처럼 몰라서 힘들고 두려워하는 사람들에게

작은 용기라도 전해 줄 수 있도록.

깊게 생각하고 빠르게 결단하라

　나의 남편은 매우 신중하다. 가볍지 않은 남편의 신중한 성격이 사뭇 나와 달라서 우리가 함께하는지도 모르겠다. 하지만 살아보니 이런 신중함이 기회를 놓칠 때가 많다는 것을 나는 느꼈다. 너무 많은 것을 비교하다 보면 너무 많은 것을 고려해야 하고 너무 많은 사람의 의견도 들어봐야 할 때 기회는 나를 기다려주지 않고 저 멀리 가 버릴 때가 있다.

　하지만 나는 남편의 신중함을 좋아한다. 왜냐하면, 나와 다른 그 성격이 나를 제어해주기 때문이다. 나도 매우 신중하다. 나의 신중함은 깊이에 있다. 성격 급한 나는 오랜 시간 고민을 하지 못한다. 길어야 하루 아니면 이틀……. 아주 깊게 고민하며 신중히 처리하고 매우 빠르게 결정하고 추진해 버린다.

　물론 그 선택이 100% 좋은 선택이고 후회가 없다고 한다면 거짓말이겠지만 그 선택 안에서 후회는 일단 접어둔다. 왜냐하면, 이미 선택한 이후에는 어떤 결과가 주든지 그것은 내 몫의 책임이기 때문이다.

결혼 후 다른 성격의 차이는 의견 대립이나 다툼이 되는 원인이 된다. 나도 마음 아프게 하면서 때로는 싸워 보기도 하고 상대방의 속마음을 이해하기는 커녕 서로 상처를 주기에도 바쁠 때가 있었다. 하지만 살면서 부딪치면서 남편이 모두 옳은 것도 아니고 내가 모두 옳은 것도 아님을 서서히 깨닫게 되었다. 그리고 서로 다름을 인정해 버리니 부딪힘은 줄어들었고 이제는 서로를 이해하게 되었다.

처음 전업주부로 살림만 살겠다고 결혼해 놓고 아이들을 위해 교육 사업을 하겠다고 결단을 내리고 허락을 구할 때는 신중한 남편 성격에는 아내가 이해가 되지 않았을 것이다.

시장조사도 없이 구체적인 계획도 없이 경제적인 예산 확보도 없이 무턱대고 일을 해야겠다고 하니 허락을 안 해주는 것도 이해가 되었다. 하지만 나는 깊이 고민했었다. 반드시 해야만 할 이유도 있었다. 그리고 잘해 낼 자신도 있었다. 그냥 부딪쳐보고도 싶었다. 내가 잘해 내는 것을 보여주고도 싶었다. 그리고 결과는 내가 받아들이겠다는 각오도 있었다. 그런데 반대를 위한 반대를 하는 남편을 처음에는 이해할 수가 없었다.

무슨 남자가 저렇게 배포가 없나? 내 인생의 가장 큰 장애물이 남편이로구나. 별별 생각이 다 들면서 서로에게 신뢰감을 잃어가고 있었다.

하지만 2년 만에 내 손을 들어준 남편은 그때부터 아내를 도와주기 시작했다. 물론 힘들고 마음 아프게 할 때도 있었지만 시작하는 아내를 도와주지 않고서는 우리 가정이 위기에 빠질 수도 있겠다는 생각이 들었는지 결정 후에는 나의 조력자가 되어 줄 수밖에 없었다.

감사하게도 나는 수많은 어려움과 좌절을 겪으며 바닥을 치며 다시 일어서는 순간들을 반복하며 조금씩 성장하기 시작했고 남편도 그런 나의 결단하고 빠르게 움직이고 전진하는 성격을 믿어주기 시작했다.

힘들 땐 뒤에서 살짝 밀어주고 힘 빠질 땐 앞에서 끌어주는 외조 잘하는 남편이 이제는 늘 감사할 뿐이다. 이제는 20년 이상 오랜 기간을 함께 살다 보니 성격 급한 나를 이해하고 또 나처럼 어떤 것은 과감히 결정하고 추진하는 성격이 닮아가는 경우들이 생겨나는 것을 보며 오래 살면 닮아가는구나 싶기도 하다.

항상 정상에 서면 내려갈 길을 찾아야 한다. 영재 교육원 운영이 정상적으로 잘 될 때였다. 하지만 정부 정책으로 무상 교육 지원이 확대되면서 영재 교육원의 경영 위기가 찾아왔다. 나의 의지와 상관없는 위기가.

나에게 또 다른 수입원이 있어야겠다고 생각하고 어린이 전용 키즈카페 인수를 제안했을 때 우리는 주말 커피숍에서 커피 한 잔 가볍게 마시러 나갔다가 1시간 안에 서로의 뜻이 맞아서 그 자리에서 인수 결정을 내렸고 바로 새로운 사업을 시작하게 되었다.

그 이후로 영재원을 폐원할 때도, 또 다른 교육기관을 인수할 때도 나의 결정은 짧게 고민하고 빠르게 결정하게 되었고 남편은 반대 없이 내 뜻을 존중해 주었고 허락해 주었다.

이제는 간혹 새로운 사업 계획이 생겨서 도와 달라고 하면 언제든 OK를 해 준다. 이유도 묻지 않고. 왜 그렇게 나에게 관대한 남편이 되었냐고 물으니 세상에 돈보다 귀한 게 아내라고 말하는 남편이다. 돈은 잃으면 또 벌면 되지만 아내는 잃으면 안 되니깐 네가 하고 싶은 것 다 하라고 한다. 나는 속으로 생각한다. '뭐지? 이 사람, 변해도 너무 변했는데.' 하지만 내심 감사하다.

이제는 나를 믿어 주고 마음으로 응원하는 응원자가 바로 남편이구나 싶어

서이다. 나도 부족한 것이 참 많은 아내이고 엄마이다. 하지만 살면서 서로의 부족함을 인정하고 상대방의 장점을 또한 인정하니 부딪침이 줄어드는 것을 알게 되었다. 나 또한 남편이 지금 다른 계획을 세우고 무언가를 해보려고 한다면 100% 찬성. 적극적으로 응원해 줄 마음의 준비가 되어 있다. 어떤 일이라도.

남편의 입에서 그 결정이 말로써 표현되기까지 얼마나 많은 고민을 했을까를 생각한다면 반대할 이유가 없다. 서로가 하고 싶은 것들에 관해서 이야기하고 허용해 준다면 알아서 제어하는 능력도 충분할 것이라 믿기 때문이다.

자녀들에게도 말한다.

아들이 일본에서 혼자 여행하던 도중 너무 예쁜 캐릭터 인형을 발견했다. 금액이 좀 크다 보니깐 의견을 물어보려고 나에게 전화를 했다. 나는 무조건 사라고 했다. 아들은 그래도 고민이 되는지 결국 다음 기회에 사겠다고 전화를 끊었다. 후회할 텐데 생각하면서도 자신이 내린 결론이니 그냥 지켜보았다. 아들은 여행 도중 내내 그 똑같은 인형을 만나고 싶었지만 만날 수가 없어서 아쉬움을 이야기했다.

"아들아, 살면서 원하는 것을 꼭 다 가질 필요는 없지만 가지지 못해서 후회할 것 같으면 이것저것 재지 말고 그냥 가지도록 해. 그렇게 해서 내가 행복한 것이 낫지 자꾸 후회하는 삶은 살지 말렴."

그 이후로 아들은 갖고 싶은 것은 그냥 취하는 성격이 된 것 같다. 단, 비싸지 않은 선에서는……

사람들은 가지 않은 길에 대한 후회가 참 많다. 미루고 재다가 포기한 것에 대한 미련도 참 많다.

그때 ○○할걸.

그때 ○○ 만날걸.

그때 ○○ 한 번만 부딪쳐 볼걸.

그때 ○○ 배워 둘걸.

우리의 삶도 껄껄 인생이 되지 않기 위해서는 너무 오래 고민하지 말라고 말한다. 살아보니 고민 100번 한 사람과 고민 1번 한 사람의 결정이 같을 때가 많다. 어차피 같은 결정이라면 한번 만에 선택하는 사람이 더 현명하지 않을까?

단, 올바른 선택을 위해 신중하게 빠르게 깊게 고민하고 결정하기. 그리고 그 결정에 책임지기만 잘 기억한다면 훨씬 다양한 삶을 살아 볼 수 있을 것 같다.

정말 하고 싶은 일인지?

정말 갖고 싶은 것인지?

정말 만나야 하는 사람인지?

정말 해야 할 말인지?

무엇을 선택할지 고민하는 사람들이 많다. 하지만 나는 누가 보면 너무 쉽게 결정하는 사람 중의 하나다. 하지만 나는 쉽게 결정한 것이 아니다. 깊이 고민한다. 최대한 짧은 시간 안에……. 그 성격의 결정을 믿어주고 도와주는 남편은 나에겐 없어서는 안 될 브레이크 같은 존재이다. 그래서 부부의 성격이 서로 다름이 때로는 중요한가 보다.

아이들은 존재만으로도
소중한 것을

결혼이란 것은 통과의례가 아니라 거룩한 선택이다.

아이들은 거룩한 선택의 선물이다.

아이들이 있다는 것은 세상이 아름답다는 것이며 밝음이 있고 건강함이 있다는 것이다.

부부만 살아가라고 한다면 나는 결혼하지 않았을지도 모르겠다.

늘 숙제처럼 어렵고 힘들지만, 아이들을 통해서 세상의 아름다움을 더 많이 배우고 내가 더 많이 어른답게 성장해온 것을 부인할 수가 없다.

아이들이 태어나면 뒤집기만 하여도 난리가 난다. 아랫니 두 개가 올라왔을 때는 눈물이 나도록 기뻐한다. 아이들의 살결, 하품하는 모습, 코끝에 느껴지는 아이들의 향기 어느 것 하나 신비롭지 않은 것이 없다. 밋밋한 일상에서 자녀들이 주는 아름다운 행복은 부모들에겐 엔도르핀 폭탄들이다.

그러나 이 폭탄들이 점점 버거워지기 시작한다. 기다가 걷다가 뛰어다니다가 고집이 생기기 시작할 때부터이다. 모든 것이 자기중심적이고 자기 마음껏 다해야 직성이 풀리는 아이들. 그 비위를 맞추고 의견을 들어주기 바쁜 부모님들.

하루가 어떻게 가는지 모를 정도로 체력의 고갈이 온다. 하지만 이때도 너무나 사랑스럽다. 특히 잠든 아이들의 모습은 천사처럼 예쁘다. 이 시기를 지나 초등학교에 가면 점점 자기중심적 고집이 말 안 듣는 아이들로 인식이 되고 그때부터 부모님들은 아이들을 혼내기 시작한다. 지금까지는 다 오냐오냐 받아주고 예쁘다고 해주시다가 갑자기 아이가 학교에 가니 모든 것을 바로 잡기 위해 부모와 자녀 간의 의견 충돌과 기 싸움이 일어난다.

그래서 아이들은 힘들다. 학교생활도 학원도 힘든데 자꾸만 이거 해라, 저거 해라, 왜 안 했니, 도대체 나이가 몇 살인데……. 이런 말들이 너무 듣기 버겁고 힘들어진다. 부모와 헤아릴 수 없이 종알대던 소리가 점점 줄어들기 시작하고 빠른 사춘기를 초등학생 때 겪어야만 한다. 이쯤 되면 부모님들은 이제 머리 컸다고 말도 안 듣고 알아서 하겠지 하며 손을 놓을 준비를 하신다.

"알아서 해라. 더 이상 간섭 안 한다."

아이들은 그 말이 반갑기도 하지만 두렵기도 하다. 혼자서 다 할 것 같지만 혼자서 할 수 있는 게 아무것도 없다는 것도 알고 있다. 아닌 척 혼자 해내는 척만 할 뿐이다. 그러면서 고민이 생기고 걱정도 생기고 삶이 힘들어진다는 것을 어렴풋이 사춘기를 겪으며 알아가게 된다.

나는 요즘 나이가 들어가서인지 내 아들이 대학생이 되어서인지 중고등학생들을 만나면 너무나 어리고 예쁘게만 보인다. 중고등학생들이 예쁜데 하물며 유치부, 초등학생들은 얼마나 예쁘랴.

정말 아이들은 그 모습 하나하나가 보석처럼 예쁘다.

유치원 아이들은 그 순수함과 어린 새싹처럼 여리지만 싱그러운 에너지들이 너무나 사랑스럽다. 초등학생들은 아직도 아기 같은 모습에 학교생활 하느라 무거운 가방 메고 학원 다녀오는 모습이 안쓰럽고 대견하기만 하다. 중고등학생은 나름대로 컸다는 티를 내지만 키만 자랐지 마음은 아직 독립하지 못한 어린애들이다. 이렇듯 아이들을 바라보면 사랑스럽고 예쁘기만 한 것은 내 자녀에게는 제외가 될 때가 있다.

좀 더 잘 해줬으면 좀 더 의젓해졌으면 좀 더 스스로 해낼 수 있었으면 이라고 생각하지만, 그것은 부모의 욕심이다.

아이들은 성장하느라 최선을 다하고 있다. 그 최선의 노력에 따스한 햇볕 같은 격려와 위로가 필요할 뿐이다. 힘든 노력에 의욕을 꺾는 아픈 말들은 아이들에게는 독이 되어 성장을 방해한다. 말 한마디 한마디에 사랑을 담아서 전해야 한다. 부모라면, 또한 교육자라면.

이 소중한 영혼들이 얼마나 더 아름답게 꽃을 피울지는 가꾸는 사람의 몫이다.

매일같이 사랑스러운 인사와 따스한 햇볕과 넉넉한 물을 먹고 자란 화초는 아무도 돌보지 않는 땅에서 자란 화초와 당연히 모습이 다르다. 아이들은 그 존재 자체만으로도 가꾸고 보호하고 책임져야 할 존재들이다.

어른이기 때문에 아이들을 함부로 다루거나

부모이기 때문에 아이들에게 함부로 말하고 혼내거나

교사이기 때문에 아이들에게 함부로 무책임하게 대해서는 안 된다.

우리에게 온 가장 소중한 선물이 아이들임을 잊지 말자.

세상에서 가장 소중한 선물을 비닐봉지에 담을지 최고의 포장지에 담을지는 부모님의 선택에 달려있다. 어릴 때는 오냐오냐 모든 것을 받아주는 응석받이에서 어느 날 규칙과 규율을 가르치는 부모가 되지는 말자. 어느 순간 아이들은 받아주고 응석 부리는 것에 지나치게 익숙해지면 새롭게 변화하기는 너무도 힘들고 하기 싫어진다. 소중한 선물을 소중하게 다루듯이 낮은 목소리로 아이들과 대화하자.

아이들은 부모님의 낮은 목소리에 귀 기울이며 진심이 담긴 목소리에 분명 반응을 보일 것이다. 분명 시간이 걸리고 반복이 되겠지만 아이들의 이해 속도를 기다려주어야만 한다. 절대 큰 목소리와 강압적인 분위기로 아이들의 감정을 다치게 해서는 안 된다.

왜냐하면, 아이들은 우리에게 온 가장 큰 선물이기 때문이다. 화내며 선물을 받는 사람이 누가 있으랴. 환하게 웃으며 기쁜 마음으로 선물을 받아서 소중히 개봉하고 잘 다루어야만 가치를 다 할 것이다.

지금 내 곁에 있는 선물 한번 둘러 보세요.

눈물 나게 고마운 선물들입니다.

그 가치를 따지지 마세요.

그 아이들은 이 세상에 태어나 존재하는 것만으로 너무도 사랑스럽고 가치 있는 존재들이니깐요.

늘 웃는 모습으로 내게 온 선물을 대해 주세요.

늘 밝은 목소리로 선물을 만나세요.

늘 함께하는 시간 동안 최선을 다하세요.

내게서 달아나지 않도록.

내게서 멀어지지 않도록.

부모의 가지가 크면
자녀는 크게 자라지 못한다

"아기 머리가 커서 한 번만 더 시도해 보고 안 되면 제왕절개 들어가겠습니다."

첫아기를 낳을 때의 공포는 엄마가 된 이후에도 또렷이 남아 있다. 12시간의 산고 끝에 들었던 한마디의 말 때문에 제왕절개만은 피하자는 생각으로 죽을 힘을 다했고 결국 태어난 나의 첫아들. 나는 온몸이 마비되어 움직일 수가 없을 만큼 힘들었고 신생아실 창문으로 처음 만난 나의 아들은 엄마가 힘든 만큼 아들도 힘이 들었는지 머리는 비대칭에 얼굴은 보라색이 되어 있었다.

눈물이 났다. 내 몸도 힘들었지만 처음 아기를 마주한 내 마음은 더 힘들었다. 세상에서 처음 만난 아기의 모습은 예쁘다는 생각보다는 우리 둘의 고통이 얼마나 컸으면 이렇게 안 예쁜 모습으로 만나게 되었나 싶어 속이 상했다.

집으로 돌아와서 엄마가 된 나의 생활 속에 나는 이제 더 이상 없었다. 모든 주파수는 아기에게 맞춰져 있었다. 잠을 잘 수도 없었다. 잠시 눈을 붙였나 싶으면 울음소리에 잠을 깨어 기저귀를 갈고 수유를 하고 그러면서 몸조리라고 할 수도 없을 만큼 망가져 있는 내 모습을 받아들였다.

아기에게 더 좋은 엄마가 되기 위해 수유 도중에도 책을 읽었다. 모르는 것투성이의 엄마가 얻을 수 있는 정보는 그렇게라도 얻고 싶었다. 내게 다가온 정보를 아이에게 적용하며 점점 육아가 익숙해져 갔지만 그래도 나는 초보 엄마였다. 그리고 하루하루 사랑스럽게 변해가는 아기의 모습에 순간순간 감동하고 순간순간 울컥하며 모든 것이 사랑스럽게 조금씩 변해갔다.

아기가 아프기라도 하면 모든 것이 내 탓인 양 안절부절 아기를 안고 병원으로 갔다. 그렇게 모든 것을 아기에게 맞춰서 생활하면서 나의 소망은 크지 않았다. 차라리 단순했다.

'이 아이가 아프지만 않았으면 정말 좋겠다. 건강하게만 자라다오.'

아마 나의 바람은 모든 엄마의 바람 그 이상도 그 이하도 아니었을 것이다. 아이가 자라고 손에 육아가 익숙해져 갈 무렵 개월 별 발달 단계를 보니 아기를 위해 다양한 자극들이 필요했다. 내가 얻은 정보들을 바탕으로 크지 않은 것들부터 하나하나 사들이기 시작했다.

장난감 하나 고르고 아이에게 무언가를 제공해주는 부모가 된다는 것이 이렇게 신기하고 재미있는 것인지 처음으로 알게 되었다. 주변의 아이 키우는 엄마들에게도 물어보며 아이의 살림살이는 점점 늘어나게 되었다. 어느 것 하나 필요하지 않은 것이 없었고 어느 것 하나 주고 싶지 않은 것이 없었다.

아마 아이를 위한 욕심은 이렇게 시작이 되어 가나 보다. 부모로서 무언가를 해주는 것이 놀랍도록 신기하고 즐겁다는 그 느낌에서부터 작은 욕심들이 점점 커지기 시작했다.

나도 처음에는 하나의 바람만 가졌었다. 건강하게만 자랐으면 하는……

하지만 개월 수가 늘어나고 아이의 나이가 늘어날수록 이 정도는 아이가 잘 해주었으면 싶고 더 나아가서 또래들보다 더 잘했으면 싶은 게 엄마의 마음이다.

놀이터에 나가면 누구보다 더 밝게 씩씩하게 두려움 없이 뛰어놀았으면 좋겠고 장난감을 갖고 놀 때도 집중해서 집중력 있게 잘 놀았으면 좋겠고 책을 많이 좋아하고 읽어 줄 때는 호기심을 두고 잘 들어 주었으면 좋겠고 먹는 것도 가리지 않고 무엇이든 양껏 잘 먹어서 또래들보다 더 컸으면 좋겠다고 점점 욕심이 늘어났다.

초등학교 들어가서는 기죽지 말고 당당하게 리더십 있는 아이가 되기를 바랐다. 극성 엄마는 아니었지만, 학기 초에는 담임 선생님과 반드시 상담했었고 내 아이에 대한 일 년을 구두로라도 부탁을 드려야만 내 마음이 편했다. 아닌 척하면서도 누구보다 관심 가지는 엄마 중의 한 사람임을 부인할 수가 없었다.

왜냐하면, 나는 누구보다 힘든 고통 속에서 이 아이를 낳았고 아이가 바른 방향으로 올바르게 잘 성장할 수 있도록 도와주어야만 하는 책임이 있다고 나 스스로 책임감을 부여하고 최선을 다해야만 좋은 엄마라고 생각했다.

학교에서 돌아오는 아이의 목소리에 힘이 들어가서 " 엄마, 나 오늘 100점 맞았어요." 그 한마디에 초등학교 1학년 반 전체의 절반 이상이 100점인 것을 알면서도 어쩜 그리도 행복하고 기뻤는지 모른다.

절대 점수로 아이를 평가하지 말고 교육과정과 학교 공부의 이해력을 높이는 것에 관심을 가지자고 스스로 교육관을 세워 보았지만, 점수 앞에서 무너지는 엄마의 감정은 어쩔 수가 없었던가 보다.

엄마이니깐, 내 자식이니깐, 그렇게 나 자신을 합리화시켜나갔다.

초등학생 때 경험할 수 있는 많은 것들을 도와주고 싶었다. 운동이면 운동, 미술이면 미술, 음악이면 음악, 독서면 독서, 사고력 수학이면 수학……. 그리고 체험 활동까지. 그렇게 많은 투자가 이루어질수록 엄마의 욕심은 아이가 두각을 나타내고 학교생활에서 더 잘해오길 바라는 욕심으로 커지고 있음을 스스로 느끼고 있었다.

영재교육원을 운영하면서 부모교육을 최소한 연 2회 이상 진행할 때였다. 창의력 개발원의 소장님께서 부모님들께 교육하시는 내용 중에 하나의 메시지가 내 가슴에 들어와 박히는 것이 하나 있었다.

"부모의 가지가 너무 크고 넓게 뻗으면 그 아래에서 자라는 작은 나무는 크게 자라질 못합니다. 햇살이 충분히 어린나무에도 비치도록 그 가지를 접어주세요. 접어줄 자신이 없으며 차라리 그 나무를 옮겨 심으세요. 그래야 어린나무도 크게 자랄 기회를 만들 수 있답니다. 각각의 부모님들은 얼마나 큰 나무인지 햇살을 가리고 있는 것은 아닌지 깊이 생각해 보시기 바랍니다."

큰 나무…….

어린나무…….

나는 내 아이에게 얼마나 가지를 드리운 큰 나무였을까?

내 모습의 크기를 알기 위해 몇 번이나 나를 돌이켜보며 고민하고 또 고민하였다. 혹시 내가 뻗은 가지의 그늘로 아이가 햇살을 만나지 못하고 약하게 자라는 것은 아닐까? 아니라고 생각하면서도 왠지 모르게 내 욕심이 나를 큰 나무로 만들어가고 있다는 것을 직감적으로 나는 느끼고 있었다. 그렇다면 그 가지를 접어 주어야만 했다.

가지 접기……. 매일 내 곁에서 내 눈에 보이는 아이의 모습은 늘 부족함이 많았고 늘 걱정이 되었다.

왠지 내가 잔소리를 하지 않고 그대로 두면 바른길로 잘 자라지 못할 거라는 걱정이 앞섰다. 나는 어느새 큰 나무가 되어 아들의 햇살을 가리는 엄마가 되어 있었던 것이다. 건강하게만 자라라고 소망했던 초보 엄마는 어느새 욕심 많은 큰 나무의 엄마임에 틀림이 없었다.

내가 가지를 접어주지 못한다면 우리 아이는 어떻게 될까? 하루아침에 욕심을 어떻게 다 비워낼 수가 있단 말인가? 내 가지를 접기 위해 나도 노력을 해보았지만 쉬운 일이 아니었다.

내 아이니깐 당연히 간섭하게 되는 것을 막을 수가 없었다. 내 눈에는 자꾸만 부족함이 보이니깐 꾹 참던 것이 또 잔소리로 표현되기 시작함을 막을 길이 없었다. 그때 결심했다.

'옮겨 심어야겠다.'

나의 마음이 너무 힘들고 불안하겠지만 그래도 과감히 뿌리째 옮겨 심어서 자리를 잡고 햇살도 받고 스스로 성장의 기쁨을 만들어 주어야겠다고 결심했다. 초등학교 6년, 중학교 3년까지 16년을 엄마의 나무 그늘에서 보호받으며 또한 간섭받으며 살던 아들을 17살 되던 해에 멀리 떠나 보내게 되었다.

창원에서 김천으로……:

나의 선택은 공부도 일반고가 아니라 자사고에서 열심히 했으면 하는 바람이었지만 멀리 가 있어야만 내가 더 아들에게 욕심을 가지지 않으리라는 생각도 이유 중에 하나 포함되어 있었다.

남들은 공부욕심 때문에 아들을 보냈을 거라고만 생각하겠지만 꼭 그것만은 아니었다.

아들을 떠나보내고 일주일을 울었다. 잠을 잘 때도 일을 할 때도. 모진 엄마 때문에 아직은 따뜻하게 마음 편안한 내 집에서 마음껏 하고 싶은 대로 해도 되는 나이인데 혼자 기숙사에서 낯선 친구들을 만나 지내고 삼시 세끼 학교 밥만 먹으며 공부에 에너지를 쏟을 아들이 너무 안쓰럽고 미안해서 울고 또 울었다. 가슴이 미어진다는 말이 이해가 되었다. 그렇게 나의 피붙이 자식을 17살에 과감히 옮겨 심고 엄마는 매우 힘들고 아팠다.

하지만 내색할 수 없었다. 내가 힘들어하면 아들도 힘들어할까 봐 마음과는 반대로 늘 든든한 응원의 메시지만을 보내줄 뿐이었다. 내 욕심의 그늘을 벗어난 아들은 힘든 내색 없이 하지만 누구보다 힘들게 1학년을 버텨 냈을 거다.

전국 단위로 모인 뛰어난 친구들의 두뇌에 감탄도 하고 넘지 못할 벽도 만났을 것이고 성적이 내 맘대로 안 되는 것도 스스로 뼈저리게 느끼는 한 해를 보냈다. 아들이 말은 안 해도 힘들다는 것을 엄마는 안다. 아니 알아주어야만 엄마다. 그래서 나는 단 한 번도 집으로 날아온 아들의 성적표를 아빠에게 보여주지 않았다. 힘들어도 아이가 제일 힘들고 고민을 해도 아이가 가장 큰 고민이 될 거로 생각하고 아들의 성적표는 나만 보고 남편에게는 구두로만 대충 말하고 끝냈다.

엄마의 마음과 아빠의 마음이 같지는 않기 때문에 혹시나 아이 마음에 상처되는 말이 전해질까 봐 나 혼자 속앓이를 했다. 그리고 기도했다. 지치지 말고 끝까지 걸어가는 아들의 모습이기를……

아들은 고2 때부터 달라지기 시작했다. 부족함을 메워가는 것이 눈에 보였다. 내리막 없이 오르고 또 오르는 성적을 받았다. 눈빛에서 자신감과 열정이 보였다. 체중은 빠져서 입학 때 맞춘 교복이 흘러내릴 만큼 몸은 말라갔다. 교복을 모두 새로 맞춰주며 마음이 또 아파졌다. 잘 먹고 건강하게만 자라달라는 바람을 못 지켜 주는 엄마라서 미안했다. 수능 당일도 아들을 응원하고 맛있는 도시락이라도 싸줘야 하는 게 정상인데 학교가 멀고 일하는 엄마인 나는 보온도시락 하나만 달랑 보내주고 기숙사에서 자고 학교 급식으로 도시락을 담아갔다. 감사하게도 담임선생님께서 수능생 아들의 도시락을 싸주셨다. 미안함에 눈물이 났다. 나는 좋은 엄마를 포기해야겠다고 생각했다. 그날만큼은……. 아니, 그냥 나는 나쁜 엄마였던 것 같다. 그렇게 스스로와의 힘든 싸움 끝에 결국 작은 나무는 성장했다. 햇살에 강해지고 비바람에 강해지며 뿌리를 제대로 뻗은 모양이었다. 스스로 정한 목표를 가슴에 새기고 당당히 원하는 대학에 입학했다. 신문에 이름 석 자 올리는 성적을 만들겠다고 하더니만 올 1등급의 성적으로 졸업했다.

감사한 아들이다. 아들이 수능을 마치고 집으로 왔을 때 두 손 꼭 잡고 수고했다고 말해주었다. 노력한 아들을 격려해주며 질문을 던졌다. 아무 생각 없이. 하지만 머릿속에 답을 하나 그려 놓고…….

"아들, 너는 지금까지 살아온 20년 인생에서 가장 힘들었을 때가 언제야?"

"음, 그거야 고등학교 3년이지."

"그랬구나. 그랬을 거야. 그렇다면 너의 인생에서 가장 행복했던 시간은 언제였을까?"

"음, 그것도 고등학교 3년이지."

"어? 고등학교 3년이 제일 행복했다고? 엄마랑 우리 집에서 함께 살 때가 더 행복했지 않을까?"

"솔직하게 말해도 돼요?"

"그럼, 말해 봐."

아들의 대답은 내 상상을 완전히 벗어난 대답이었다.

"엄마한테 조금 미안한데 엄마가 나를 멀리 김천에 보내주신 건 지금까지 제일 잘하신 것 같아요. 3년이 힘들었지만, 친구들과 생활했던 것도 너무 재미있

었고 공부도 원 없이 할 수 있어서 좋았고……: 음, 잔소리 안 들어서도 좋았고
…….너무 재미있게 3년을 보냈어요. 다시 하라면 할 수 없겠지만요."

뒤통수를 한 대 맞은 느낌이었다.

"그럼 중학교 때는 좀 힘들었다는 이야기인데. 맞아?"

"음……. 좀 힘들었지. 흐흐. 엄마가 나에게 욕심을 좀 부렸을걸."

그랬구나. 이 아이의 진심이 이런 거였구나. 나는 미안함에 힘들었는데 이
아이는 감사하게 생각했었구나. 그때 머릿속에 하나의 생각이 스쳐 지나갔다.

'큰 나무 아래에서 작은 나무가 잘 자랄 수가 없다. 내가 가지를 접지 못함을
알고 작은 나무를 옮겨 심은 것은 참 탁월한 선택이었구나. 그래. 이제는 너 스
스로 저 깊숙이 뿌리 내리고 세상 어떤 비바람에도 끄떡없이 당당하게 맞서 성
장하는 어른 나무가 되길 바라. 엄마는 이제 걱정이 없구나.'

나는 큰아들을 키우면서 들었던 부모교육의 메시지 하나로 아들의 든든한
성장을 지켜볼 수 있게 되어서 너무나 감사하고 또 감사하고 있다.

나도 이제는 부모님들을 대상으로 부모 교육을 진행한다. 예전에는 내 이야
기가 아닌 강사님을 통한 강의를 했었다면 이제는 내가 경험하고 터득한 것들
에 관한 이야기들로 부모 교육을 진행한다. 내가 귀담아들은 하나의 메시지로
우리 아들을 잘 키워낼 수 있었던 것처럼 우리 부모님들도 내가 전해 드리는
메시지들 속에서 누군가에게는 길이 되는 누군가에게는 또 다른 방법이 되는
내용을 전해 드리고 싶다.

다가오는 봄학기, 가을학기 부모교육에서는 어떤 주제로 우리 학부모님들
과 함께 소통하고 생각해야 할지 늘 미리미리 고민하는 나이지만 분명 살아온
날들 속에서 함께 이야기할 주제들은 무궁무진할 듯하다. 성장하는 자녀를 위
해 부모의 가지를 너무 넓게 펼치지 말라는 메시지와 함께.

자녀 교육이 힘들고 답답할 때
답을 찾았던 방법

"아들, 오늘은 이 책 한번 보고 잘까?"

"엄마는 이렇게 하는 것 싫은데……."

"동생한테 이것 좀 해 줄래?"

엄마의 요구 사항이 아무리 많아도 한 번도 말대꾸하지 않고 잘 따라 주었던 아들은 내게는 믿음직하고 든든하기만 한 아들이었다. 그런 아들이 방문을 콩 하고 닫아버렸다. 그리고 심지어는 문을 잠가버린다.

엄마인 내 심장은 어찌할 바를 몰라 심하게 쿵쾅거렸다. 내가 이 상황에서 엄마로서 어떤 행동을 보여야 하지? 어떤 말을 해야 하지? 잘못하면 아들하고 멀어질 텐데 어쩌지? 이것이 말로만 듣던 사춘기란 말인가?

무섭고 두려웠다. 늘 어리게만 생각했던 아들은 나에게 콩하고 문을 닫는 것을 시작으로 조금씩 반항을 시작했다. 아! 자식 키우는 게 힘들다는 것이 바로 이럴 때 하는 말이로구나.

아들 둘을 키운다고 말하면 다들 힘들 거라고 미리 걱정을 해 주신다. 하지만 나는 그동안 두 아들을 키우면서도 그렇게 힘이 들거나 마음고생을 많이 해보지는 않았다. 그래서인지 중학생이 된 아들의 일탈 행동은 나에겐 당황이었고 걱정이었고 두려움이었다.

누구에게 물어봐야 하지? 그렇다고 속 시원히 해법을 가르쳐 줄까? 내 아들의 모습을 누군가에게 나쁘게 말하고 싶진 않은데?

혼자 고민하고 고민하다가 결국 찾아간 곳은 서점이었다. 창원에서 제일 많은 육아서적과 교육 서적을 만날 수 있는 제일 큰 서점을 찾았다. 교보문고……

늘 시간을 쪼개가며 하루가 너무나 바빴던 나는 주로 인터넷 서점을 이용했지만, 그날만큼은 어떤 책을 읽어야 할지도 모르겠고 무작정 시간을 빼서 혼자서 교보문고를 향했다. 따끈한 신간 도서는 보란 듯이 나란히 누워서 나를 반겨주었다. 이 책 저 책 사서 목차를 보고 내용을 스캔하기 시작했다. 너무나 좋은 육아와 교육에 관한 내용이 있었지만 내 마음을 위로해 주고 해법을 제시하는 책을 발견하기는 어려웠다. 저쪽 벽면으로는 빽빽하게 세워져 책꽂이에 나란히 꽂혀있는 책이 눈에 들어왔다. 세로로 줄지어 서 있는 제목들을 읽어 보며 한 권의 짧은 제목이 눈에 쏙 들어왔다.

'엄마 수업.'

심플한 제목이 쉽게 읽힐 것만 같아서 빽빽한 책들 사이에서 조심스럽게 빼서 제목을 보고 지은이를 보니 법륜스님의 글이다. 스님들의 책은 영혼이 맑아서인지 참 쉽고 간결하게 우리에게 메시지를 던져 주신다. 머리가 맑아졌다. 유레카를 외치듯 나는 깨달음을 얻은 심정으로 책을 손에 들고 집으로 돌아와서 처음부터 읽어 내려가기 시작했다. 책을 덮으면서 나는 아들과의 냉전을 해결할 나만의 방법을 드디어 찾았다.

지금부터 아들의 성장과 관련된 모든 것들에서 조금만 관심을 내 마음속으로 숨기고 조금만 뒤로 발을 빼야겠다고 마음먹었다. 처음 중학생이 된 아들을 키우다 보니 엄마는 모든 것이 걱정되어서 말로써 이랬니? 저랬니? 체크했을 뿐인데 아들은 그런 엄마의 말들을 잔소리라고 여긴 모양이다.

그렇게 관심 숨기기를 몇 일간 하다 보니 아들의 성격이 예전처럼 조금 돌아온 것처럼 느껴졌다. 이때다 싶어 아들을 데리고 진심을 담아 이야기하기 시작했다.

"며칠 전에 네가 문을 쾅 하고 닫고 들어갔을 때 엄마 마음이 너무 힘들었어. 우리 아들이 왜 저렇게 화가 났을까? 걱정도 되었고 엄마가 어떻게 너의 마음을 풀어줘야 할지 방법도 몰라서 당황스러웠어. 그리고 동생이 그 모습을 보고 배울까 봐 걱정도 되었었고. 앞으로 그렇게 문을 세게 닫고 들어가는 건 안 했으면 하는데 할 수 있을까? 엄마도 조심할게. 네 기분 상하지 않게 말하고 행동할게. 그리고 문을 잠그는 건 안 하면 안 될까? 그 대신 네가 방에 들어갈 때는 엄마도 신경 써서 꼭 노크하고 들어갈게. 문은 잠그지 말도록 하자."

아들은 조심스럽게 말하는 엄마 마음을 이해했는지 수긍하였고 그날의 쾅 하고 문을 닫은 행동에 대해서 사과를 해왔다. 그 일이 있었던 이후부터 나도 조심을 하고 말도 행동도 서로 기분 다치지 않도록 아들의 눈치를 보면서 하게 되었지만, 아들도 조금씩 자신의 감정을 컨트롤 하는 것처럼 보였다.

사춘기 아들을 키운다는 것은 누군가는 살얼음을 걷는 것과 같다고 한다.

잠시만 방심하면 쫙 갈라지는 살얼음. 너무 걱정되고 힘들었지만, 마음을 열고 진심을 담아 이야기를 하니 아들도 나도 한결 서로에게 상처 되는 상황을 만들지 않게 되었다.

나는 속으로는 끌고 가는 사랑을 간섭하는 사랑을 집요하게 하고 싶었지만, 겉으로라도 아이가 힘들어하지 않도록 지켜보려고 노력하였다. 아니 지켜보는 척을 시작했는지도 모르겠다. 그 단순한 노력이 부모와 자식 간의 관계에 그나마 금이 가지 않게 해 준 계기가 되지 않았나 싶다.

만약 내가 이 문장을 읽지 않고 이해하지 못하고 아들과 한바탕 언성을 높이고 가르치려고만 들었다면 아들과 나. 모두에게 가슴 아픈 상처가 되고 전쟁이 시작되었을지도 모를 일이다.

세상의 모든 부모님은 아이들을 너무나 끔찍이 사랑하신다. 낳고 키우고 그 정을 큰 사랑에 담아서 아이들을 키우고 양육한다. 하지만 현실을 살아가는 우리 부모님은 너무나 팍팍하고 정신없는 삶들을 살아가시는 것도 사실이다. 너무 바빠서 어쩌면 타인의 도움으로 육아를 해결하시는 경우도 많다. 나 또한 유아들을 위한 교육 기관에서 교육과 더불어 보육의 기능을 함께하고 있다.

부모님들의 사랑은 하늘에 닿을 만큼 모두 크시기만 한데 가끔은 그 사랑을 표현할 방법을 못 찾아서 시간이 없어서 너무 바빠서 자녀들에게 전하지 못하는 그리고 줄 수 없는 사랑이 되어 버리는 경우들이 간혹 아쉽게 느껴질 때가 있다.

어렸을 때의 사랑은 최소한 초등학교 6학년까지로 나는 생각한다.

유치부 때 사랑스러운 아이들이 초등학교에 가면 말썽꾸러기, 개구쟁이, 심술쟁이가 되어 버리는 경우가 매우 많다. 하지만 그 아이들을 보면 아직도 어리기만 하고 아직도 성장한 그 모습 속에 아기 같은 순수함이 있어 참으로 예쁘고 사랑스럽다. 즉, 아직도 받아야 할 사랑이 많은 나이이다.

요즘은 부모님의 사랑이 너무 고파서 마음이 아픈 친구들이 참 많이 보인다.

그 모습이 어떨 때는 친구들을 괴롭히는 경우로 나타나기도 하고 때로는 모든 것에 대한 의욕 상실로 나타나기도 한다. YES 맨이 아닌 모든 것에 NO 맨이 되어버리기도 한다. 거짓말을 하기도 하고 폭력을 쓰는 경우도 보인다. 여자 친구들은 나에게만 관심 가져주기를 간절히 열망하며 친구들과의 선생님 사랑 나눠 가지기에 힘들어하는 경우들도 있다. 하나하나의 보이는 모습들은 다르지만, 그 원인의 공통점에는 사랑 고픔이 있다. 무엇으로도 채워지지 않은 빈자리가 아이들의 어린 가슴속에 커다란 구멍으로 남아 있다. 선생님이 아무리 사랑을 넘치게 주고 "너만 예뻐." "너만 사랑해."를 외쳐도 내 부모, 내 엄마에게서 받는 사랑과는 분명 차이가 난다. 그 사랑이 고픈 나이가 어린 시절 초등 시절까지라고 보면 된다.

바쁘지만 그래도 조금만 여유 내어 내 아이를 깊이 사랑해 보자. 더 많이 사랑을 주도록 노력해 보자. 사랑이 가득 넘쳐 더 이상 사랑이 고프지 않을 때 아이들의 마음은 긍정의 눈으로 세상을 바라보는 눈이 생길 것이다. 그 반대로 어렸을 때는 열심히 사느라 바빠서 때 되면 다 할 거라고 마음껏 내려놓다시피 한 부모님들은 자녀들이 중고등학생이 되면 간섭하기 시작한다.

왜 이렇게 철이 안 들었니?

내가 너에게 못 해준 게 뭐가 있니?

이제는 스스로 좀 하면 안 되겠니?

하나에서 열까지 내 자녀의 행동이 맘에 안 들어 바로 잡겠다는 심정으로 잔소리하고 간섭하게 된다. 당연히 아이들은 그런 부모님의 뜻을 따라가기가 어렵고 싫기만 하다. 아니, 더 반대로 하고 싶어진다. 바로 청개구리 심리가 나타난다. 한집에 사는 것이 불편해지니 말수가 줄어들고 방문은 점점 굳게 닫혀버린다. 대화가 필요하지만, 대화의 시작이 어렵다. 거기다가 학원으로만 돌던 아이들은 집에 들어오면 더욱 말이 하기 싫어진다.

우리 자녀들과 이런 모습으로 살지 않기 위해서는 한발 뒤로 물러나 지켜보는 사랑을 해야만 한다. 마음 가득 잔소리를 속으로 쓸어내리며 격려의 말, 칭찬의 말, 힘이 되는 말을 할 수 있어야만 한다.

그리고 기다려 주자. 기다림이 쉽지는 않다. 성격 급한 나도 너무 조급해서 힘들 때가 한두 번이 아니었다. 하지만 부모는 사리가 생길지라도 절대 스스로 성격을 다 보여서는 안 된다.

좀 더 어른답게.

좀 더 부모답게.

그러다 보면 조금씩 기다리고 참는 것도 내공이 쌓이듯 익숙해져 가리라.

나는 아들이 대학생이 되던 해 독립시켰다. 집을 구해 주고 스스로 생활하도록 해 주었다. 기숙사 생활 3년에 또 기숙사에 들어가는 건 아이의 사생활도 있으니 방을 얻어 주었다. 내가 관리하던 아들의 용돈 통장도 조그마한 목돈으로 만들어 전해 주었다. 이제는 먹고 자고 시간 관리하고 경제 관리하는 모든 것을 스스로 할 수 있도록 일임을 해 주었다.

조금 걱정은 했지만, 그것이 아들을 위해서도 나를 위해서도 나중을 위해서도 나을 것이라는 판단에서다.

어쨌든 나는 아들을 독립을 시켰다. 내 품을 떠나게 한 것이다.

아들은 시간 관리도 제법 잘하는 듯하다. 매 학기 장학금을 받는다. 용돈 관리도 잘해서 종잣돈을 쥐어 줬더니 아끼고 아껴서 목돈 통장을 만들어 놓았다. 살림도 나름대로 열심히 하는지 혼자서 수육도 만들어 먹을 정도다. 나보다 낫다. 인터넷 레시피가 일류는 아니지만 남자 친구들의 요리에 지대한 도움이 되어 주어 너무 고맙다.

그렇게 자녀와 부딪치며 혼자 고민하고 끙끙대던 나는 단 몇 줄의 문장에서 내 아이들을 위한 방향을 찾았고 실천했고 나름 성공했다고 생각한다. 지금도 아이들을 생각하면 빙그레 미소가 떠오른다.

눈에 넣어도 안 아플 것 같은 내 아이들이지만 이제는 각자의 길을 찾아 성실히 걸어가는 책임감 있는 청년의 모습이 되었다. 이제는 엄마인 나만 제대로 잘 살아가면 된다.

눈물짓지 말고

슬퍼하지 말고

아파하지 말고

즐겁게 잘 살아간다면 아이들은 걱정이 없다.

잘 사는 엄마 모습을 보여주고 싶다.

아이들 걱정 안 하게 하는 엄마가 되리라.

이제는 내가 성장할 시간

아이들을 위해서 나의 일을 선택한 이후 나는 무척이나 바빴다. 하루가 24시간밖에 안 되는 것이 어쩜 그리 야속했는지. 시곗바늘이 하루 두 바퀴만 도는 것이 맘에 안 들었다. 나에게만 48시간이 주어진다면……. 아니면 아바타라도 하나 있었으면……. 별별 생각을 다 해보았다. 그렇게 바쁘게 일하며 하루를 보내고 퇴근 시간이 되면 철저하게 엄마의 모습으로 지냈다.

아이들 저녁 차려주고 공부 봐 주고 옆에서 이야기 나누고 챙겨 주다 보면 나를 위한 시간은 허락되지 않았다. 그것만으로도 정신없이 하루하루 살았고 그런 내 모습은 당연한 거로 생각했다. 내 아이들이 우선이니깐. 내 삶을 내어 줘도 아깝지 않으니깐.

일속에서 배워야 할 세미나나 강의가 있다면 적극적으로 찾아들었지만 내

개인적인 공부를 할 생각은 전혀 할 수가 없었다. 오로지 내가 할 수 있는 자기 계발의 방법은 책을 읽는 것. 그리고 핸드폰이 스마트폰으로 바뀌고부터는 유튜브 강의들을 찾아 들었다는 것. 그것이 전부였다. 아이들이 이제 내 손이 점점 줄어드는 중고등학교 시절이 되었다. 빈 둥지 증후군처럼 내게 시간이 조금씩 생기기 시작하니 몸이 아프기 시작하였다.

바쁠 때는 아플 겨를도 없었는데 여유가 생기니 몸이 아프기 시작했다. 아침에 운전하면서 출근하는데 목덜미가 너무 뻣뻣하고 머리가 무거워서 병원을 찾았다. 고혈압 진단을 받았다. 의사 선생님이 꾸준히 운동하라고 하셔서 날씨 좋은 계절 산책 겸 산을 올랐다. 무릎이 너무 아파서 절뚝이며 내려왔다. 퇴행성 관절염 진단을 받았다. 눈물이 났다. 나는 참 열심히 앞만 보고 자식을 위해 열심히 일하고 살았는데 왜 이렇게 병이 왔을까? 이제는 어떻게 살아야 할까?

며칠을 고민하고 우울하게 보내다 보니 아프지 않고 건강하게 잘 살고 싶다는 욕심이 생겼다. 헬스클럽을 찾았다. 그리고 등산복을 구입했다.

이제는 바빠도 시간 내서 운동하고 내 건강을 위해 투자하리라. 건강식품이라고는 절대 찾아 먹지 않고 남편과 아이들만 챙겼던 나는 몸에 좋다는 건강식품을 오롯이 나를 위해 찾아 먹기 시작했다. 그것도 악착같이……

그리고 집에서 조금씩 목마르게 찾아 듣던 유튜브 강의들이 아니라 용기 내어 오프라인 모임과 성장 모임을 찾기 시작했다. 단 한 번도 원을 비우거나 근무시간에 나가서 차 한잔 마실 여유가 없다고 생각하던 내가 일주일에 한두 번을 배움을 위해서 성장을 위해서 시간을 가진다는 것이 익숙하지가 않아서 처음에는 마음이 여간 불편한 게 아니었다. 하지만 한번 시작한 것들을 대충하고 싶지 않아서 열심히 출석하고 적극적으로 참여하기 시작했다. 창원대학교 내 몇 개의 과정들을 이수하며 나의 일과 관련되지 않은 많은 사람을 처음으로 만나기 시작했다. 처음에는 차 한잔 마시는 시간이 참 어색하고 마음 쓰이고 불편했지만, 점점 익숙해져 가는 나를 발견했다.

내가 꼭 원을 지키고 있지 않더라도 업무적인 부분을 나누어서 할 수 있게 되면서 차츰 용기가 생겨났다. 하나를 도전하니 또 다른 것들이 궁금해졌고 궁금한 것들을 어떻게든 배우고 느끼며 필요한 것들을 내 것으로 만들어가는 성취감과 재미에 조금씩 빠져들게 되었다.

아이들에게 쓰던 열정이 나의 배움의 열정으로 바뀌면서 몸은 조금씩 건강을 찾아가고 있었다. 체중도 관리가 되면서 혈압이 정상으로 돌아오고 관절염이 치유되기 시작하였다.

나는 더 이상 환자가 아니었다. 내 몸은 건강해졌고 내 마음은 어느 때보다 건강하게 살겠다는 확신이 생겼다. 그리고 이제 다시 내 몸에 병이 오더라도 여유 있게 그들을 다스릴 용기와 지혜가 생겨났다.

어차피 살아가며 아파야 하는 부분이 있다면 최소한 덜 고생하며 덜 아플 수 있게 나를 지킬 방법들을 찾아 나갔다. 내가 건강 관리를 위해 유일하게 잘 할 수 있는 것은 걷기이다.

시간과 여유가 생길 때 다른 건 몰라도 나를 위해 끊임없이 걸을 계획이다. 그 길이 어떤 길이든 길 위에서 나를 치유하도록 노력하려 한다. 내가 이것저것 배우며 채워가며 성장하는 모습은 나를 생기 있게 만들어 주었다.

앞만 보고 정신없이 살 때는 사실 내 모습에 대해 별로 관리하지 않았었고 아직은 에너지 넘치는 젊은 기운이 있다고 여겼다. 하지만 아프고 나니 나를 돌보고 가꿀 수밖에 없었다.

사람들은 20대의 젊음을 부러워하고 30대의 완연한 아름다움을 그리워한다. 하지만 나는 40대 내 모습이 너무 좋았다. 충분히 젊은 시절을 잘 보내고 아이들 키우며 완연한 여성으로서 자리매김하며 지내온 세월의 흔적이 훈장처럼 남아있는 내 40대의 모습을 사랑하기로 했다.

점점 자신감 없던 내 모습에서 조금씩 늙어가고 나이 들어가는 내 모습을 사랑하다 보니 주위에서도 달라진 여유로운 내 모습이 이쁘다고 칭찬을 듣는다. 이뻐서 이쁜 것보다 당당하게 나이 듦을 받아들이면서 항상 웃으며 사는 모습이 이쁘다는 뜻으로 나는 해석한다. 쑥스럽지만 기분 나쁘지는 않다.

앞으로도 나는 예쁘게 나이 들어가고 예쁜 할머니가 되어가고 싶다. 내 삶의 마지막 소원일지는 모르지만. 나의 성장하는 모습을 지켜보던 남편은 매우 만족해했다. 늘 혼자 끙끙거리며 가끔은 툴툴거리다 지쳐서 힘들어하고 아파하던 내가 기운도 차리고 뭐든 배우고 관리하는 모습에서 남편도 미루기만 했던 경영 대학원 MBA 과정을 선택해서 열심히 공부하고 있다. 늦깎이 대학원생이 된 남편은 최선을 다해 일과 공부를 병행하고 있다.

나도 이제는 내가 하는 일과 관련해서 성장하는 공부가 아니라 나를 들여다보고 삶의 깊이를 더 할 수 있는 그런 공부가 하고 싶다. 그래서 대학원 입학을 목표로 정해 보았다. 인문학에 도전하기로. 그리고 나는 아들과 같은 대학을 선택했다. 아들은 학부에서, 엄마인 나는 대학원에서, 그렇게 우리는 각자의 길 위에서 서로의 성장을 지켜보고 응원해 나갈 것이다.

아이들도 각자의 위치에서 최선을 다해 살고 있으니 부모인 우리도 우리의 위치에서 주저앉거나 안주하며 가는 세월을 붙들려고 안간힘을 쓰기보다는 더 노력하고 성장하는 부모의 모습을 보여주길 원한다. 나이가 들어서 하는 성장이야말로 진정한 내 공부요, 제대로 된 성장이라고 생각하며……

20대, 30대의 성장은 사회의 일원으로 시작하기 위한 준비의 시간이었다면 나이 40대, 50대에 맞이하는 성장은 진정 삶을 풍성하게 하고 깨달음과 지식의 기쁨을 배울 수 있는 성장의 시간이다.

지금 이렇게 지나온 내 반백 년의 시간을 돌이켜보며 글쓰기 하는 이 시간도 나는 내가 성장하는 시간이다. 아무것도 자랑할 거리도 아무것도 내세울 것도 아무것도 넘치게 완성한 것도 없는 삶일지언정 나는 지금 이 시간이 너무도 좋고 너무도 행복하다. 중년의 지금 이 시간이.

지금의 글쓰기가 완성되고 부끄럽지만 글쓰기를 통해 내 삶을 돌아보며 쓴 한 권의 책이 세상에 나온다면 나는 한 걸음 더 성장한 모습으로 남들과 똑같은 매일의 일상 속에서 남들과 다른 일상들을 만날 것이라고 나는 믿는다.

늘 깨어 있고 늘 부지런히 움직이며 늘 끊임없이 변화되려 노력하는 나의 삶. 이제는 아이들이 아닌 진정 내가 성장하는 삶이 되고 싶다. 그리고 아이들에게 더 당당하고 더 멋진 엄마의 모습으로 기억되고 싶다. 나는 내 두 아들의 엄마이니깐.

나의 꿈은 100가지

나는 꿈이 없었다.

그래도 불편함은 없었다. 남들처럼 비슷하게 살아가는 것만으로도 스스로가 대견할 지경이었다. 그랬던 내가 두 아들을 낳고 이 아이들을 위해 어떤 엄마가 될까를 고민하면서 작은 꿈들이 자라남을 느꼈다. 그리고 아이들을 위해서 선택했던 하나의 목표를 향해 앞만 보고 열심히만 살아왔던 시간……

그 시간 속에서 나는 매일같이 작은 걸음이지만 꾸준히 성장하고 있었다.

어느 날 자기계발서를 읽으면서 나는 꿈에 대해 깊이 고민해 보게 되었다. 생생하게 기록한 꿈은 실현 가능성이 크다.

시각화하라.

완료형으로 외쳐라.

작은 메모지에 내가 바라는 세 가지 꿈을 기록하였다. 완료형으로……

그리고 반듯하게 접어서 화장대 서랍에 넣어 두었다. 나의 꿈은 일속에서의 성공과 자녀교육에 관한 것, 우리 가정의 평화였다. 그렇게 큰 개념의 꿈들을 기록하다가 다음 해에는 그 꿈들을 조금 더 잘게 쪼개어 기록해 보았다. 7개 정도의 이루고 싶은 꿈들이 생겨났다. 이루어질까 하는 걱정도 있었지만, 어차피 꿈이고 바람인데 조금 더 크게 꾸면 어떠냐는 생각으로 조금 더 추가된 나의 꿈을 기록하고 또 화장대 서랍 속에 넣어 두었다. 그렇게 몇 해를 기록하고 보관하고 하던 중 이사를 하게 되었다.

화장대를 정리하다 보니 매년 기록해서 넣어 두었던 꿈의 메모지들을 발견하고는 하나하나 펼쳐서 읽어 보았다. 그런데 나는 너무나 놀라운 사실을 발견하게 되었다.

걱정스럽게 기록한 나의 꿈들이 절반 이상 다 이루어져 있었던 것이다. 아니. 그것을 예견이나 한 듯이 현실과 아주 잘 맞아떨어지는 문장들도 있었다. 그중에 절반은 아직 다가오지 않은 미래에 이루어질 수도 있겠다 싶은 바람이 다시 싹트기 시작했다. 그리고 하나하나 늘어난 꿈의 개수가 또렷이 내 눈에 보이기 시작했다.

"꿈은 꾸는 만큼 이루어질 가능성도 크구나. 그렇다면 더 많은 꿈을 기록으로 남겨 볼까?"

그때 내가 배우고 있던 코칭 과정에서 꿈의 기록 방법에 대한 강의를 듣게 되었다. 조금 복잡하고 어렵긴 하였지만 내게 맞게 5가지 영역으로 기록을 정리해 나가기 시작했다.

① 일 속에서 내가 이루고 싶은 것
② 가족과 함께 이루고 싶은 것

③ 자녀들이 이루어 나가길 바라는 것

④ 내가 꼭 해 보고 싶은 것

⑤ 신앙 안에서 이루고 싶은 것

이렇게 구분해서 적어 내려가다 보니 한 개의 영역에 20개 정도의 꿈들을 적을 수 있게 되었다. 약간은 중복되는 것들도 있지만 20개씩 5개 영역을 기록하니 나의 꿈은 100가지가 기록되었다.

보고 있기만 해도 가슴이 벅찼다. 이 모든 것을 해낸다면 지금 죽어도 여한이 없겠구나 싶은 생각도 들었다. 그 속에 몇 가지는 지금도 진행 중이다. 미션처럼 하나씩 완료해 나가다 보면 언젠가는 100가지의 꿈을 이룬 나의 모습을 만날 것이다. 지금 내가 이렇게 글을 쓰고 있는 것도 100가지 꿈 중의 하나이다.

내가 꼭 해보고 싶은 것 중에 죽기 전에 3권 이상의 책 쓰기가 있다.

하나는 교육 관련 책을, 또 하나는 여행 에세이를, 그리고 나머지 하나는 자기계발서를 써 보고 싶다.

나는 그 첫 번째 미션을 현재 진행 중이며 이 글이 완성되는 날 또 하나의 목록을 지울 수 있을 것이다.

꿈이라는 것은 처음 꿈이 영원히 가슴속에 간직될 때도 있고 생각지도 않은 꿈이 갑자기 생길 때도 있다. 작년 가을 나에게는 전혀 생각지도 않은 꿈이 추가되었다. 더 나이 들기 전에 공연 무대에 서보겠다는 야무진 꿈이 생긴 것이다. 나는 갑자기 한 주간의 시작 월요일을 바쁘게 살기 시작했다. 추가된 꿈을 이루기 위해 나의 꽉 짜인 시간을 어떻게든 배분해야 했었다.

하지만 간절히 원하면 없던 시간도 만들어 낼 수가 있다는 것을 꿈을 꾸면서 배웠다.

월요일 오전 모든 일을 잠시 내려두고 2시간 연습을 통해 대공연장 무대에서 노래할 기회를 만났다. 처음에는 내가 해낼 수 있을까 싶었지만 모든 것은 하려고 마음먹은 의지의 크기에 비례했다.

일 년 동안 열심히 빠지지 않은 연습 덕분에 1500석 대공연장의 조명 아래에서 노래할 수 있는 영광을 얻었다. 꿈은 꾸는 만큼 이루어지는 거라는 확신을 하게 한 계기가 된 것이다.

나는 하나하나 목록을 지워가며 100가지 꿈에 도전하는 중이다.

참 이상하게도 꿈은 마르지 않는 영원한 샘물 같다.

처음에는 조심스럽게 겨우 몇 개의 꿈을 가지기도 어렵기만 했는데 이제는 꿈을 가지고 성취하면 성취해 낼수록 또 다른 꿈들이 몽글몽글 솟아난다. 그리고 문자로 기록된 꿈들은 머릿속에 기억 속에 남아 이루지 않고는 못 배기도록 나를 움직이게 만들어 준다.

누군가 말해 주었다. 우리는 꿈을 향해 걸어간다고 생각하지만 사실은 꿈이 우리를 끊임없이 당겨 주고 있다고……

나는 그 말을 믿는다.

내가 꿈을 가지고 이루기 위해 발걸음을 내딛는 순간 꿈은 우리 발걸음을 꿈의 방향으로 이끌어 주고 있다는 것을……

산을 오르는 사람들은 말한다. 산 정상이 보이기 시작하면 다음 목표를 미리 정해두라고……. 그래야만 지치지 않고 다음 목표를 이루기가 쉬워진다고 말한다.

내가 선택하고 집중한 하나의 꿈이 완성될 때쯤 나는 그다음 발걸음을 내딛는 꿈을 꾼다. 그것 중의 하나는 내 인생 후반전을 깊이 들여다볼 수 있는 침묵과 묵상의 시간을 가지는 것이다.

그래서 내가 선택한 것은 산티아고 800km 순례자의 길을 걸어 보는 것이다. 머릿속에 꿈을 새겨놓으니 모든 에너지의 방향성이 바뀌나 보다.

책을 읽고 자료를 찾아도 산티아고와 관련되는 글들이 눈에 쏙쏙 들어온다.

관심이 가는 곳으로 눈과 귀가 열리는 것처럼……. 나는 2017년의 마지막 날을 산티아고 순례자의 길 위에서 맞이할 계획이다. 그리고 2018년 전 세계 모든 사람이 똑같이 시작하는 첫날 또한 그 길 위에 서 있을 것이다. 그리고 내가 계획했던 꿈을 묵묵히 실행하고 있을 것이다.

동반 성장의 주체인 내 아이와 함께 그 길을 함께 걷고 있을 것이다. 원하는 것을 얻기 위해서는 희생도 따라야 한다. 시간적인 투자와 경제적 손실도 고려해야만 한다.

하지만 평생을 살면서 한 달의 시간도 내 마음대로 쓸 수 없다면 진정한 내 삶의 주인이라 할 수 없다고 생각한다. 내가 겪을 손실들이 크지만 꿈을 이루는 것이 더 큰 만족과 기쁨이 된다면 과감히 도전해 보고 싶다. 힘든 것은 당연히 각오하는 것이고 그 힘든 시간 속에서 진정한 나를 꼭 만나보고 싶다.

그리고 내가 만난 낯선 내 모습을 위로해 주고 싶다.

지금까지 힘들었지만 참 잘 참고 살았다고…….

그리고 앞으로 걸어가는 인생의 길 위에는 기쁨만이 있을 거라고.

진정한 나를 위로하며 용기와 힘을 주며 그렇게 아들과 함께 걷고 싶다.

인생의 중반에서 한 뼘 더 성장한 내 모습을 그려 보면서…….

그 길 위를 당당하게 걸어 보고 싶다.

부엔 까미노…….

자녀와 함께하는 추억은
돈보다 더 귀한 선물

올해도 어김없이 수능이 다가온다.

주변의 입시생을 둔 가정에서는 발뒤꿈치를 들고 다닐 정도로 정숙한 집안의 흐름을 살핀다. 입시생의 비위를 맞추기 위해 살얼음을 걷듯 매일을 산다고 어머님들은 한숨을 짓고는 한다. 그런 어머님들도 안쓰럽지만 사실 그보다 더 안쓰러운 것은 당사자인 우리 아이들이 아닐까 싶다.

최소 12년의 학업 결과를 하루의 성적으로 가늠하는 날이니 그 초조함이야 말로 다 할 수도 없을 것이다. 다시 태어나도 고3만은 안 하고 싶다는 내 큰아들의 말이 귀에 맴도는 것도 그 이유일 것이다.

초보 엄마로서 초보 입시생 학부모로서 가 보지 않은 길 위에서 자녀에 대한 욕심이 앞설 때는 나도 누구 못지않게 학업 결과를 중시하는 엄마 중의 한 사람이었다. 하지만 어느 순간 생각이 바뀌기 시작하였다.

'아이들이 자라서 엄마인 내 손길이 필요치 않을 때는 함께 여행을 가자고 해도 시간이 없겠구나. 그러면 아이들이 더 성장하기 전에 어떻게든 더 함께 만들어가는 추억을 쌓아야겠구나. 내가 이 세상을 떠날 때 가져갈 수 있는 것도 추억밖에는 없겠구나.'

아들이 고등학교 1학년 기말고사를 마쳤을 때였다. 주어진 시험 결과에 따라 부족한 과목을 보충하고 선행을 충분히 공부해야만 하는 여름 방학임에도 불구하고 담임 선생님께 말씀드렸다.

"아들과 잠시 머리 좀 식히고 휴식을 해야 할 것 같아요. 돌아와서 부족한 부분은 더 열심히 공부하도록 하겠습니다. 보름만 학교를 쉬도록 해 주세요. 선생님!"

그리고 사유서를 쓰고 아이들과 함께 더운 날씨의 유럽으로 날아갔다.

"지금이 아니면 너랑 우리 가족이 다 함께할 수 있는 시간이 점점 없어질지도 몰라. 특히 대학생이 되면 너무 바빠질 거고. 그러니 공부도 중요하겠지만 엄마는 이 시간이 더 소중하다고 생각해. 떠나자. 아들. "

그렇게 아들은 고등학교 시절 남들 다 열심히 공부하는 보충 수업을 뒤로하고 보름이란 긴 시간을 걷고 땀 흘리고 웃고 떠들며 그렇게 온 가족이 함께하는 일탈 여행을 다녀왔다. 아들은 분명 휴식의 시간 속에서도 돌아가서 무엇을 해야 할지를 명확하게 알고 있었다. 마음속으로는 저 아이가 따라가지 못하면 어쩌나 하는 걱정도 앞섰지만 내 걱정보다 자신을 더 잘 알고 노력할 것이라는 것도 믿고 있었다. 결과는 내 생각대로 아들은 휴식 후 가벼워진 마음으로 더 열심히 공부에 몰입할 수 있었고 그때부터 성적이 단 한 번도 내려오지 않고 상승하기 시작했다. 아들뿐만 아니라 온 가족이 휴식 속에서 얻은 에너지와 긍정 마인드로 각자의 위치에서 더 열심히 살 수 있게 되었다. 다음 학년 고2의 여름 방학은 전국의 고등학생들이 가장 많이 긴장하고 부족한 과목을 보충하는 시간임에도 불구하고 우리 가족은 다시 한번 더 느긋한 마음으로 떠나자고 외쳤다.

"우리 가족 지금이 아니면 함께 시간 맞춰서 지낼 수 있는 시간이 없을 거야. 고2 중요하지만 우리는 함께하는 지금의 시간이 더 중요하지 않겠어? 공부는 다녀와서 또 열심히 하자꾸나."

아들은 걱정도 될 만한데 쿨하게 여행을 선택했고 돌아와서 더 열심히 노력했고 부모에게 큰 기쁨과 감동을 주는 아이가 되었다. 지금 생각해 보면 참 철없고 겁 없는 엄마였구나 싶지만 그래도 그 시간을 후회하지 않는다. 왜냐하면, 지금은 아빠는 아빠대로 늘어난 업무량에 더 바쁜 시간을 직장에서 보내고 있고 큰아들은 대학 생활에 적응하고 활동하느라 한 달에 한 번도 못 만날 때가 많다. 둘째 아들은 글로벌 인재가 되기 위해서 일 년에 한 번 한국에 올까 말까 한다. 엄마인 나도 자기계발을 위해 바쁘게 살아가고 있어서 우리 온 가족이 그때처럼 다 같이 시간을 맞추고 일정을 맞추는 것이 이제는 많이 힘들어졌다.

온 가족이 한자리에 모이는 날 우리 가족은 늘 즐겁기만 하다. 그동안 못 보고 지낸 시간을 보상이라도 하듯 너무나 행복한 시간으로 채워 나간다. 아이들과 대화하다 보면 이런 질문을 할 때가 있다.

"너희들에게 엄마, 아빠는 어떤 사람으로 기억이 될까?

너희들의 머릿속에서는 어떤 추억이 제일 많이 남아 있을까?"

아이들은 대답한다.

"엄마, 아빠는 우리를 위해 많은 것을 해 주기 위해서 노력하시고 열심히 사신 분들이죠. 그리고 늘 함께 여행 다니고 새로운 것을 자주 보여 주기 위해 노력하셨던 엄마 아빠죠. 우리 가족 하면 여행 다니며 함께한 추억이 제일 많아요. 가끔 친구들과 이야기하다 보면 우리 가족만큼 여행을 많이 다닌 친구들이 잘 없어요. 그래서 친구들이 부러워해요. "

아이들이 내가 기억하는 추억을 함께 기억하고 간직할 수 있다는 것은 가족의 행복이라 생각한다. 경제적인 것을 자녀들에게 물려주기 위해 앞만 보고 여유 없이 사는 삶보다는 지금 이 순간 함께 추억하고 이야기 나눌 수 있는 공통의 이야깃거리들을 만들고 함께 웃을 수 있다면 이보다 더 큰 행복은 없을 것이다.

자녀들이 어리면 어릴수록 부모님과 함께하는 시간을 많이 갖길 권한다. 세상 어디를 가도 엄마, 아빠와 함께 있다면 아이들은 누구보다 행복함을 느낄 것이다. 팍팍한 현실의 삶에 시간적, 경제적 여유가 없다고 말할 수도 있겠지만 그 여유 없음 속에서도 아이들과 함께하겠다는 의지만 있으면 당장 일을 잠시 미루고서라도 분명 시간을 낼 수 있게 된다.

시간적 여유는 현실의 문제이지만 의지의 문제이기도 하다. 아이들은 금방 자라고 금방 부모의 손길이 필요치 않은 나이가 온다. 그때는 내가 시간적 여유가 되고 경제적 여력이 되더라도 아이들이 원치 않을 수도 있다.

자녀들과 함께 하는 추억 만들기에 지금의 시간과 돈을 아끼지 말길 바란다. 왜냐하면, 지금 내가 이 세상을 떠나가게 되더라도 우리 아이들과 함께한 추억한 자락은 분명 내가 가지고 갈 수 있는 재산이 되기 때문이다.

돈보다 더 귀한 것은 시간이며 시간보다 더 귀한 것은 함께 나눈 추억이다. 그 추억들을 최대한 많이 만들고 많이 공유하고 많이 쌓아두는 삶이길 바라본다.

자녀 교육도
힘 조절이 필요하다

날씨가 좋은 계절에는 어김없이 사람들이 산을 오른다.

세상의 운동 중에 유일하게 내가 잘할 수 있는 것은 걷기이다. 이제는 건강을 위해서라도 꼭 걷기를 해야만 하는 나이가 되었다. 그래서 나도 산을 오르고 둘레 길을 걷는다. 가벼운 동네 산들이야 크게 부담 없이 오를 수 있지만 이름 있는 명산이나 국립공원 산들은 산이 주는 묘한 매력들이 가득하다. 걸음걸음 숨이 목구멍까지 차오르는 경사를 만날 때도 있고 오르막을 숨 가쁘게 올랐으니 이제 쉬엄쉬엄 걸으라고 상처럼 주어지는 숲속 오솔길도 만나게 된다. 그럴 때면 별 것 아닌 듯하지만, 자연이 주는 그리고 길이 주는 선물에 마음속에서 감사함과 행복함이 느껴지기도 한다.

산을 걷다 보면 여러 가지 생각이 머릿속을 스쳐 지나간다.

당장 해야 하는 일들보다는 평소에 생각지도 못했던 것들이 떠오르기도 하고 옛 생각이 문득문득 떠올라서 잠시 침묵 속에 깊은 생각에 빠져들기도 한다.

길이 주는 가르침일까? 그래서 나는 길을 걷는 것을 좋아한다. 그리고 침묵 속에 걷기를 좋아한다. 내가 산티아고를 걷겠다는 버킷을 만든 것도 아마 이런 이유가 아닐까 싶다. 걷기를 좋아하는 나에게 남편이 등산용 스틱을 선물로 사 주었다.

스틱을 짚지 않고 산을 오를 때는 턱까지 숨이 차며 앞에서 끌어 주기도 하고 뒤에서 밀어주기도 하고 어떨 때는 가쁜 숨을 몰아쉬며 힘든 내색을 온몸으로 표현하기도 했었다. 그런데 참 신기한 것은 스틱을 짚고 산을 오르면 확실히 힘이 덜 드는 것을 느꼈다. 그리고 그렇게 숨 고르기를 하며 힘들게 오르지 않아도 쉽게 경사진 산을 오를 수가 있는 나를 본다. 체중의 분산이 힘든 것을 덜어 주는 것이 분명한 것이다. 그리고 횟수가 반복될수록 스스로 덜 힘들게 오르는 방법들을 내가 몸으로 배워간다는 것을 느낀다.

나는 아이들을 끌어주는 육아나 교육도 산을 오르는 것과 같다고 생각한다.

우리의 목표는 행복한 자녀로 잘 성장하기 위해서 목표를 설정하고 아이들이 지치지 않게 목표에 도달하길 바라고 그렇게 성장을 시키려 노력한다. 하지만 때로는 내 생각과 다르게 아이들이 안 하겠다고 못 하겠다고 맘대로 하라는 식으로 버티거나 멈춰서 버리면 부모로서 당황스럽고 화가 나기도 한다.

눈앞에 올라가야 할 오르막이 아직도 많이 남았는데 그냥 주저앉아 걸음을 옮겨놓지 않으려 하면 애가 타기도 한다. 그럴 때면 산을 오르듯이 숨 고르기를 한다고 생각하고 잠시 멈추어 서서 쉬어보면 어떨까?

물 한 모금 마시며 주변을 둘러보며 지금까지 걸어온 길만 해도 칭찬받을 만큼 대견하다고 생각해 보면 어떨까?

"지금까지 잘해왔어. 너무 멋진데. 힘들면 잠시 쉬어도 돼. 그리고 다시 걸을 수 있을 때 천천히 정상을 향해 걸어보는 거야. 네가 준비될 때까지 엄마는 충분히 기다려 줄 수 있단다. 멈추지만 말고 한 걸음씩만 걸어가면 돼. 그러면 너는 충분히 잘 해낼 수 있을 거야."

그렇게 응원하다 보면 아이는 다시 일어서서 멈추었던 걸음을 옮길 테고 걸어갈 용기를 얻게 될 것이다. 그리고 등산용 스틱 같은 힘든 걸음에 힘을 덜어 줄 수 있는 것을 선물해 보면 어떨까?

정말 힘들어하는 것이 있다면 개인 컨설팅을 통해 힘을 줄 방법을. 아이가 원하는 보상이 있다면 성취 후 충분한 보상을. 걸음을 옮길 때 힘이 될 만한 목표를. 각자가 생각하는 스틱에 해당하는 것들을 하나씩 정해 보는 것도 힘을 얻는 중요한 방법이 될 것이다.

산길을 걷다 보면 가끔은 최대한 보폭을 적게 해서 에너지를 덜 소모하는 걸음으로 걸어야만 덜 지칠 때가 있다. 때로는 큰 보폭으로 성큼성큼 걸어가도 힘들지 않은 길들을 만날 때도 있다.

바닥만 보며 걷다가 중간중간 허리를 펴고 먼 산을 올려다보거나 내가 걸어온 길을 돌아볼 때 스스로가 대견함을 느낄 때가 있다. 그럴 때 우리는 자신감이 생긴다.

너무 발끝만 바라보며 걷도록 해서는 안 된다. 자녀들이 허리를 펴고 내가 올라가야 할 목표를 바라볼 수 있도록 해 주어야만 한다. 내가 걸어온 길을 돌아보며 칭찬과 격려를 통해 자신감을 한 번 더 가지고 걸음을 옮길 수 있도록 도와주어야만 한다. 가끔은 지칠 때 보폭을 줄여서 걸을 수 있는 여유로운 마음도 가질 수 있게 위로해 줄 수 있어야만 한다. 자녀와 함께 걸어가는 육아와 자녀교육의 길 위에서 아이도 엄마도 지치지 않기 위해서는 누구보다 서로의 힘 조절이 간절히 필요하다. 매일의 똑같은 일상도 힘든데 똑같은 잔소리에 똑같은 결과를 자꾸만 요구하다 보면 누군가는 지쳐서 일어날 기운을 잃게 된다.

엄마가 되든 자녀가 되든 우리는 인생을 긴 마라톤에 비유한다. 육아와 자녀교육도 누구 보다 지치기 힘든 마라톤이다. 그렇다고 중간에 포기하는 것은 신이 주신 귀한 선물을 거부하고 포기하는 것이다.

우리는 자녀와 함께 하는 길 위에 서 있다. 누구 보다 지치지 않도록 서로가 서로에게 힘이 되어 주어야만 한다. 손잡고 걷기도 하고 엉덩이를 밀어줄 때도 있고 앞선 걸음에 손뼉을 쳐줄 수도 있는 여유로운 엄마가 되어야만 한다.

부모도 함께 자라야 하는 세상

나이는 숫자에 불과하다는 말을 요즘 시대에는 더욱더 많이 하는 듯하다. 숫자에 불과한 나이라고 말할 만큼 요즘 사람은 나이를 가늠하기 어려울 만큼 젊게 가꾸고 또한 젊게 살아가고 계시다. 나쁘지 않은 현상이다.

나이 들어가면서 초라해지기보다는 더욱 당당하게 개성 있게 자신을 드러내고 젊게 사는 것도 시대적인 변화라고 생각하며 그렇게 사는 분들의 삶을 나는 응원한다. 결혼도 점점 늦게 하니 출발이 늦고 출발이 늦으니 초등학생 학부모님의 연령대도 점점 높아지는 것이 현실이다. 그런데 한 가지 생각해 볼 문제는 노화되는 속도가 늦춰지는 만큼 철드는 속도도 함께 늦어지는 것은 아닌가 하는 생각을 가져 본다.

나는 나이 서른에 엄마가 되었다. 꿈도 없이 지내던 내가 아이의 엄마가 되고부터 철이 들기 시작했다. 세상을 좀 더 진지하게 신중하게 계획적으로 살게 된 것이다. 내 아이를 바라보며 더욱 강한 책임감이 생겨났다.

결혼 생활 20년 동안 내가 가장 잘 한 것이 있다면 그건 바로 두 아이의 엄마가 된 것이라고 말할 수 있다. 두 아들을 키우며 힘든 순간이 없었다고 한다며 거짓말이겠지만 힘든 순간은 당연히 엄마이기 때문에 겪어야 하고 그 또한 내 아이들이기 때문에 내가 이겨내야 하는 것으로 생각했다. 지금은 힘든 기억조차 흐려져 좋고 행복했던 기억만이 남아 있다.

내가 선택한 교육 사업을 통해서 나는 참 많은 것을 배웠다. 그리고 두 아들을 통해 참 많이 컸다. 원의 아이들을 입학시키고 또 그 아이들을 졸업시키며 15년 동안 유치부 아이들과 함께 내가 더 많이 성장했다. 고마우신 많은 부모님을 지켜보면서 배우고 싶고 존경스러운 분도 참 많았다. 하지만 세월이 한해 한 해 더해 갈수록 존경스러운 부모님도 점점 찾아보기 어려워지고 배우고 싶은 부모님들도 쉽게 찾을 수 없는 것은 내가 나이 들어가는 기성세대의 주역이 되어가는 것인지 아니면 철없는 신세대 부모님들이 늘어나는 것인지 가끔은 걱정이 앞서기도 한다.

자녀는 하늘이 준 가장 소중한 선물이다. 가장 철없는 어른을 가장 빨리 철들게 하는 시점이 아이의 부모가 되고부터이다.

부모들은 생각한다. 아이를 낳고 나면 너무너무 예쁘다고 말한다. 눈에 넣어도 아프지 않을 것 같은 소중한 마음은 모두가 똑같을 것이다.

그런데 마음은 누구보다 예쁘다고 생각하지만 내 자녀로 인해 엄마의 생활이 제한적이 되고 불편해지는 것을 견디지 못하거나 나의 손을 덜 거치고 육아를 해결하기를 원하는 어머님들이 점점 늘어나는 것이 현실이다.

어린이집을 시작으로 매우 오랜 시간을 타인의 손, 교육기관의 손을 빌리고자 한다. 에릭슨의 발달이론의 첫 단계인 신뢰감이 형성되는 시점에서 엄마가 아닌 어린이집 선생님의 등장으로 보육의 주체에 아이들은 혼돈이 온다. 그래서 신체적으로 약하고 마음으로 불안정한 아이들은 힘들다. 여러 사람의 손을 거치며 최소한의 부모와의 신뢰감도 덜 형성된 상태에서 예쁘게 바르게 자라라고 아이들의 부모는 말로 아이들을 가르치려 한다. 그래서 아이가 크면 클수록 부모의 지시와 요구는 늘어난다.

늘 내 아이는 반듯하길 바란다.

늘 내 아이는 똑똑하길 바란다.

늘 남보다 내 아이가 돋보이길 바란다.

마음속의 기대만 있는 것이 아니라, 말로써 아이들의 마음을 모질게 아프게 하는 것도 아이의 부모이다.

내가 몇 번이나 말했니?

왜 한번 말할 때 못 알아들어?

이제 그 정도는 스스로 알아서 해야지?

언제 철들래?

너는 누구를 닮았니?

상처받을 거라고는 생각을 않고 끊임없이 말로써 아이들의 작은 마음에 상처를 남긴다.

이렇게 말하는 부모를 들여다보면 아이가 성장하길 간절히 바라면서도 정작 부모는 성장하지 않고 늘 제자리걸음인 경우들이 많다. 말로는 눈에 넣어도 아플 것 같지 않은 내 자녀가 부모의 손에서 벗어나 혼자서 할 수 있는 것이 무한정 늘어나길 바라는 마음에 성급한 기대를 표현하고 사시는 것이다.

아이의 성장을 그토록 바라면서 좋은 부모, 온전한 부모가 되기 위한 스스로 성장은 얼마만큼 이루었는지 묻고 싶어진다. 대한민국의 부모는 아이의 성장을 바라면서 부모는 성장하지 않는다. 대표적인 것이 아이는 TV나 핸드폰 게임을 하지 않길 바라면서 정작 부모는 스마트폰에서 눈을 떼지 못한다. 아니, 아이들보다 더 빠져있는 부모의 모습을 인식하지 못한다. 아이는 책을 보길 원하면서 엄마는 드라마에 빠져 있고 아빠는 스포츠에 빠져 있다. 아이는 누굴 보며 누구의 뒷모습을 보고 성장해야 할까?

문제 아이가 있다면 그 아이 뒤에는 반드시 문제 부모가 있을 뿐이다. 부모가 성장해야만 아이도 성장한다. 부모가 변해야만 아이도 변화한다. 이것이 우리가 자녀를 바르게 끌어줄 힘이기 때문이다. 왜냐하면, 우릴 믿고 태어난 아이들의 부모이니깐.

말로 가르친 자녀는 자라면서 꼬박꼬박 말대꾸하지만, 행동으로 가르친 자녀는 부모의 뒷모습을 보며 행동으로 배운다. 행동이 모범이 되는 부모, 성장하는 부모, 자녀가 보고 성장할 롤 모델이 바로 우리들의 모습. 부모님의 모습이길 간절히 바란다.

나는 오늘도 성장하고 싶다.

아직 덜 자란 나의 아이들을 위해.

무엇이든 배우고 변화되는 삶을 원한다. 내 남은 삶을 위해.

마치는 글

올해 여름의 끝자락에 나는 눈앞에서 비행기를 놓쳤다. 삶에서 아주 비싼 경험을 한 것이다. 둘째 아들의 유학을 준비하며 꼼꼼히 챙긴다고 챙겼는데도 하나의 구멍이 존재했던 것이다. 비행기 티켓이 발권이 안 되어 날아가는 비행기를 바라보고만 있었다. 이 또한 큰 값을 치른 인생 경험이라 생각하면서…….

실수를 통해 한 번 더 배움을 얻었고 나는 조금 더 성장했다고 믿었다. 큰 값을 치르고. 우여곡절 끝에 도착한 캐나다의 낯선 홈스테이 집에서 시차 적응이 안 되어 지나치게 맑은 멘탈을 유지하며 긴 밤을 하얗게 지새우다가 나의 첫 번째 도전 글쓰기 초고를 완성하였다.

역시 인생에 그냥 얻어지는 것은 없구나. 하나를 잃으니 또 다른 하나가 주어지는구나. 기쁨과 아픔이 함께 밀려오는 순간이었다. 지금은 아들에게도 힘들고 고통스러운 날들이 되겠지만 언젠가는 그 고통의 시간이 새로운 길을 걸어갈 용기가 되고 멋진 실력이 되어서 너를 끌어줄 거라고 말해 주었다.

나의 글쓰기는 나를 들여다보고 내 발걸음을 재정비하는 작업이었다. 그리고 내 살아온 날들에 대한 감사였다. 앞만 보고 바쁘게만 살아갈 때는 매 순간이 힘든 시간이었고 불평과 불만투성이였다. 글쓰기를 통해 내 삶을 들여다보면서 이렇게 많은 감사함이 내 삶 속에 함께 존재했었다는 것을 다시금 느낄수 있는 시간이 되었다.

나와 함께 아프면서 성장한 내 두 아들에게 미안하고 감사하다. 철없었던 초보 엄마, 의지가 부족했던 엄마를 이렇게 강하게 살아가게 해 준 것은 나의 아이들이다.

이제는 믿는다. 두려워서 한 발짝도 떼놓지 못한다면 얻을 수 있는 것은 아무것도 없음을…… 두려워도 부딪쳐야 하고 부딪쳐서 이겨내야 하고 그 속에서 깨달음을 얻어야 한다는 것을……

바람이 불고 비바람이 강할수록 땅속에 깊게 뿌리내리는 나무들처럼 우리 아이들도 온실 같은 환경만을 주어서도 안 되고 스스로 바람을 맞을 용기를 키워주고 성장할 수 있도록 도와주어야만 한다.

그리고 그 어린나무들과 함께 부모인 우리도 자라야만 한다. 성장이 없는 삶은 죽어가는 삶이나 마찬가지이다. 아이들과 함께 매일같이 성장하며 서로에게 더욱 당당한 모습을 만들어 나가야겠다고 생각한다.

나의 첫 글쓰기 완성은 또 다른 나의 성장이다. 그리고 나의 성장은 내 남은 삶과 영원히 함께할 것이다.

부모도 자라야 하는 세상…… 아이들은 그런 부모의 뒷모습을 보며 함께 걸어갈 것이다.

앞으로도 영원히…… 우리는 그렇게 동반 성장의 꿈을 완성해 나갈 것이다.

겁 없이 실천하려 했던 나의 꿈을 응원해 준 남편과 힘든 삶 속에서 용기와 힘이 되어준 나의 자녀들에게 감사함을 전하며 이 글을 마친다.

세상에 처음 나올 나의 책을 마무리하며